ヒマワリ
:unUtopial World
5

『だったら、日向！
お前を殺すのは俺だ！』
桐原《きりはら》士郎《しろう》

ヒマワリ

『さぁ第二回聖魔杯が、
はぁじまるぞ野郎どもーッ!!』
ヴィゼータ(カッコ)

「このリップルラップルから
逃げられると思わないことなの」
リップルラップル

川村《かわむら》ヒデオ
『……だが、あなたは。やりすぎだ』
「ちょ、ますたー!?」
ウィル子

《この都市に正義なんて必要ないんだよ》
名護屋河《なごやかわ》鈴蘭《すずらん》

「私の全てを使って……、ここ……で……！ 終わらせてやる……！」
木島《きじま》アリス

ヒマワリ:unUtopial World 5

林トモアキ

角川スニーカー文庫

20615

口絵・本文イラスト／マニャ子
口絵・本文デザイン／ビィピィ

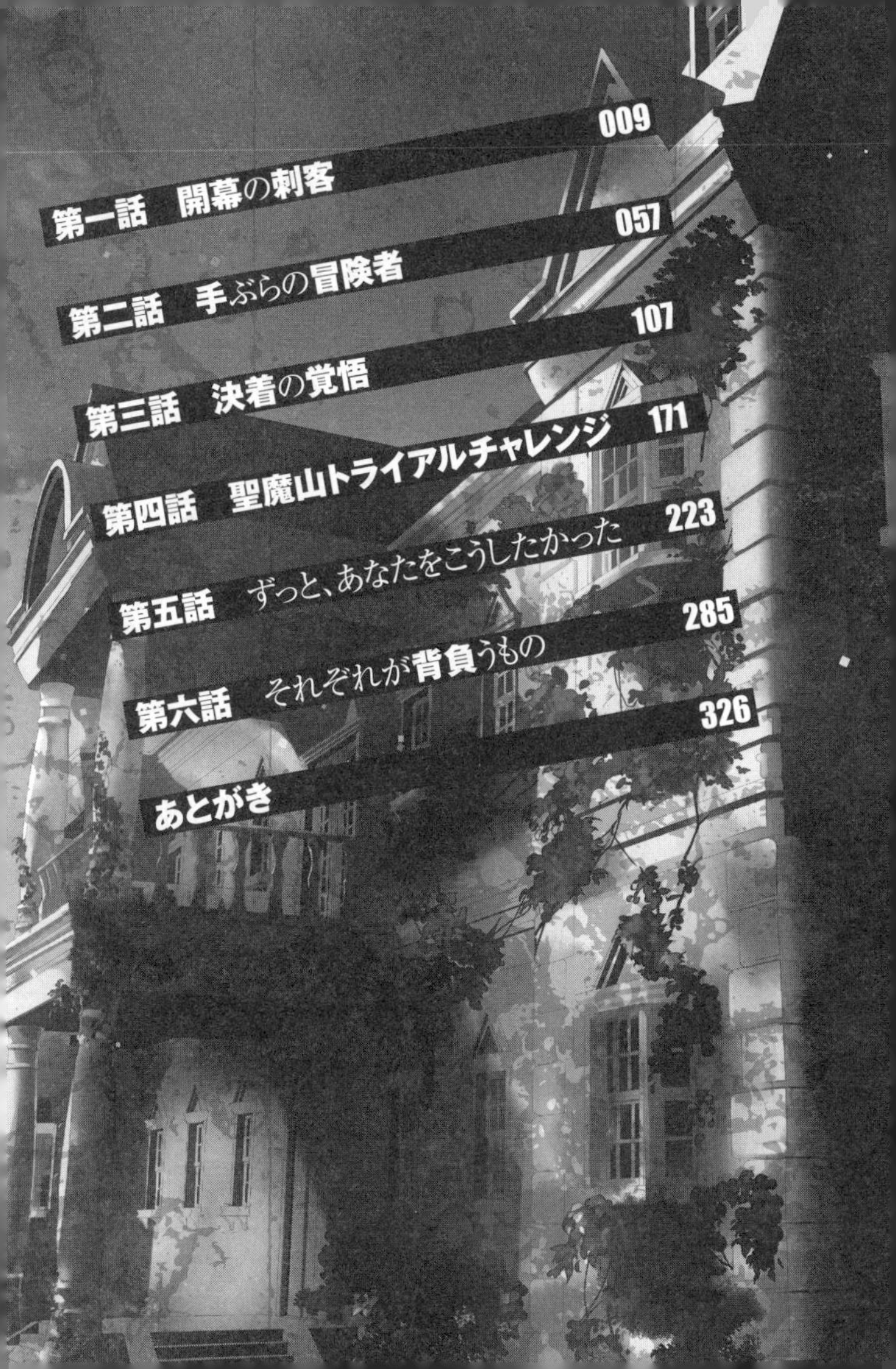

CHARACTERS OF HIMAWARI

ヒマワリ
ひまわり

誰にも理解されぬ使命を秘めた、元不登校女子高生。世界に挑む。

ミサキ・カグヤ
みさき・かぐや

とある理由からヒマワリを追っていた少女兵士。今度はペアを組むことに。

リップルラップル
りっぷるらっぷる

魔殺商会構成員。無表情がトレードマークの謎の幼女魔人。

桐原士郎
きりはら　しろう

容姿端麗成績優秀運動神経抜群、本気で世界支配を目論む西東京東学園生徒会長。しかも強い。

木島アリス
きじま　ありす

ヒマワリに出会って更正した元不良少女。生い立ちに精霊が深く関わっている。

ヴィゼータ
ヴぃぜーた

魔殺商会構成員。メイドに司会にアイドルに、多忙で多才な高位魔人。

川村ヒデオ
かわむら　ひでお

目付きは悪いが根は善良な青年。当代最強の召喚師との噂も。

ウィル子
うぃるこ

ヒデオのパートナー。ヒデオに出会って意思と実体を持った、電子の精霊。

名護屋河鈴蘭
なごやかわ　すずらん

多額の借金にも負けず、悪の組織の総帥にまで上り詰めた薄幸のお姉さん。人望は今ひとつ。

ある暗い空の上。

「これが億万分の一のジャックポットの正体よ」

黒いワンピースの少女が笑う。

「かつての聖人がカミガミに依《よ》らない真の平和を望んだ帰結として、人間同士の相争うこの世界が生まれたように……同じことを繰り返そうとしたのよ。いえ、繰り返したのよ。あの二人がいた未来ではね」

大天使は真紅の髪をなびかせながら、ノアレを振り返った。

「……あの日。破壊神マックルイェーガーを討った川村《かわむら》ヒデオが世界の旗手となることがですか。それによってこの世界に真の平和をもたらすことが」

「それは天界がありあわせの材料で勝手に描いた、理想の未来。あなただって、別に未来が視《み》えるわけじゃないでしょ？　まだ意識がはっきりしていた頃のマリーチの話を基に、そうあれかしと望んでいるだけ。トライコムによってついに人類が恒久平和を手に入れました、パチパチパチ……までしか、話が視えてはいないはず。そしてあなたたちの描いた勝手な未来予想図の犠牲者が」

直下を指差す。

「あの子たち。ヒマワリとミサキ・カグヤ」

「そうではない未来では確実に。このままでは何百年か後に、過去の大戦以上の大戦争が確実に起きます」

「でも、滅亡はしないかもしれない」

ノアレは眼下の世界へ向けて両腕を広げた。

「何百億人死のうが、それでたった何人かしか残らなかろうが、人類を存続させることができるかもしれない。そうなることがあの二人に課せられた使命なのよ」

「何を根拠に」

「閣下……ヒデオは、世界の旗手なんてガラじゃなかったのよ。確かに前の聖魔杯で活躍はした。でもそれに目を奪われたあなたたちはもっと大事なことを見落とした」

「……」

「川村ヒデオにはウィル子がいるということを、あなたたちはもっとずっと真剣に考慮すべきだった。ヒデオはあの性格だから、世界のため、平和のため、あなたに奇跡と言われ、そうと信じたたくさん命のために、それは頑張ったでしょう。結果。壊れる」

ノアレの素っ気ない一言でようやく、マリアクレセルの表情がかすかに翳《かげ》った。

それを微に入り細に入り見て取ったように、より愉快そうにノアレは続ける。

「当たり前よね。会社に落ちたくらいで引きこもってた、ごくごく普通以下のナイーブな一般人なんですもの。どう壊れたかはこの際ともかく、それを目の当たりにしたウィル子がどんな感情を抱えたかは想像に難くないでしょ。まさに闇。彼女の世界の大半を構成していたそのものが、ヒデオを知りもしない大勢の無理解によって失われたんですもの」

「……」

「率直に言いましょうか。恒久平和を導き出すために生み出されたトライコムはね、完成したその日のうちにＷｉｌｌ．ＣＯ21に感染したのよ」

馬鹿げている。筋は通っているように聞こえても、証拠はない。

当たり前だ。起きてもいない話なのだから。

それを、あたかも見てきたように得意に語るノアレに、マリアクレセルは小さく告げた。

「未来を視ることができないのはあなたも同じはずです」

ノアレは自身のこめかみに指鉄砲を当て、おどけて首を傾げる。

「未来の人間の心にだって闇はある。本当にあなたたちの思い描いているような理想郷が実現していたなら……そこに私《わたし》はいないはず」

「五千人を虐殺したあの少女は正しいと言うつもりですか」

「正しいかどうかは知らない。でも、彼女が起こしたあの戦場で出会ったのでなければ、ヒデオはマックルイェーガーをどうしていたかわからない」
「結果論です」
「そうかもね」

第二話

開幕の刺客

①

八月朔日《ついたち》、午前0時。

隔離空間都市と呼ばれる、人の町を模した小さな異世界でその大会は幕を開けた。

第二回聖魔杯。またの名をルール・オブ・ルーラー。本戦。

勝った者のみが次の勝負に挑む権利を有する。

《つまり、この本戦では負けたら負け！　失格です！》

センタービルと呼ばれる、天を衝《つ》くような構造物を背にしてピンク色のアイドルが叫ぶ。

《大変ですよ！　怖い！　みなさん負けちゃわないように頑張ってください！》

センター前広場には、多数のテーブルに無数の料理が用意されていた。

そこから無造作に鶏肉《とりにく》を摑《つか》み取《と》ったヴィゼータ。

「鈴蘭《すずらん》よ」

「どっ、どうしたカッコ？　荒《すさ》んだ目をしていきなり……」

「なぜ私があそこに立っていないのか？」

と、魔殺商会系列事務所謹製アイドルのカッコちゃんが、鶏肉をモシャリながらスポッ

トライトの当たる眩《まぶ》しいステージを指差す。

「大会公式番組『帰《かえ》ってきた今日《きょう》の聖魔杯』司会の私が立たずしてなぜどこの馬の骨とも知れないポッと出の新人タレントがあそこに立っているのかと聞いている！」

「それはアイドルは若い方がいいに決まってるの」

言い放ったリップルラップルに、カッコが挑みかかる。

「私だって見た目女子高生ッ!!　人間より美人だし可愛《かわい》い!!」

「視聴者は滲《にじ》み出るたくましさみたいなものを敏感に感じ取っているの。少なくとも第一回聖魔杯の頃の初々しさは、ヴィゼータにはもうないの。自分で可愛いとか言い始めたらアウトなの」

「なにをーッ!!」

細剣とバットが激しい火花を散らす横で、困ったように鈴蘭は切り出した。

「いや……だから、落ち着け。落ち着け二人とも。昨日になってマッケンリーさんが自分のところで用意するからって」

「それで引いたのか名護屋河《なごやかわ》鈴蘭ともあろう女がッ!!」

「だってエリーゼちゃんに持ってかれた十億円の損失を補塡《ほてん》するためには仕方ないじゃないかっ!?」

「それ完全に自業自得ってゆうか金のために親友の晴れ舞台を譲ったのかーッ⁉」

「なら言わせてもらうけど最近のかてきょへのカッコに対するご意見ご感想が『たくましい』もしくは『あざとい』しかないのを知っているか⁉」

「まるで鈴蘭なの」

……。

…………。

…………。

リップルラップルの一言が何らかのトドメとなったように、双方何も言わなくなってしまった。

「……桐原《きりはら》君。なんですか、あれ」

「いや、聞いた通りの話じゃないのか」

魔殺商会のバイト扱いとなった士郎《しろう》はアリスと一緒にその近辺にいた。

先ほど日付が変わった時点で開会式も終わって本戦は開始されていたが、いの一番に勝負を始めようという無謀な輩もいないようで、賑《にぎ》やかなお祭りムードは続いている。抜け目ない参加者の中にはすでにライバルの情報収集に励んだり、会場を離れ準備にいそしんでいる者もいるだろうが、それでも本格的に動き出すのは夜が明けてからだろう。

士郎は参加者の動向やこの大会の流れを把握するため、場に残っていた。まだ七割方の参加者が残っている。その姿形、目付き、装備……今はこの場所が最も情報が多い。明日からはそう簡単に一覧できなくなるだろう。

あとは……スズカから聞いた問題もある。

「日向《ひゅうが》先輩、ほんとにここにいるんでしょうか……」

何かというと落ち着きなく辺りを見回しながら、アリスが呟《つぶや》く。

「スズカさんは、同じくらいの歳の子とペアを組んでたって言ってましたよね」

「ああ。だが指名手配犯だぞ。よほど間抜けでもなければ、こんな公の場には……」

「あっ」

と言ったのは、パーティー料理を抱えたヒマワリだった。

◆

（……）

めんどくさいのに会った。

そう思ったヒマワリは街中で喋《しゃべ》ったことのないクラスメートにでも出会ったようにナ

チュラルに、視線を逸らし歩き去ろうとした。

「ええっ！　日向先輩!?」

「違います。人違いです」

しかし、アリスに回り込まれた。

「いやいやいや無理ですよ先輩それはさすがに通りませんてば。さっき明らかに気付いてましたよね。何さり気なくメガネとか復活させてるんですか。またわざわざそんな野暮ったいフレームなんか選んで変装でもしてるつもりですか」

アリスに捕まってしまった。文字通り二の腕を摑《つか》まれてしまった。

「でも良かった、無事だったんですね!?　心配したんですよ！」

「はい……それはその、すみませんでしたけど……」

すぐ後ろにミサキが追いつく。

「なんだ、結局見つかっているのではないか」

「って、先輩！　そいつ、あの黒い連中と一緒になって先輩のこと撃ったヤツじゃないですか！」

いちいち……でもないが、アリスの声が大きい。

確かに見方を変えれば、拉致《らち》したはずの相手と一緒になって行動しているのは不思議な話だろう。

「何か脅されてるんですか⁉　そうなんですね⁉」

そういうふうに受け取られるのも仕方のないことかもしれない。

そうして驚くばかりのアリスとは対象的に、士郎の表情は冷めたものだった。

「久しぶりに会ったってのに、知らない振りとはご挨拶だな」

す、とミサキが間に入る。

「悪いが今は私のパートナーだ。話があるなら……」

「どけ。そいつがテロリストかどうか、テロリストだったらなぜ四年前のテロを起こしたのかを聞きたいだけだ」

物騒な言葉が続くが、頭に血が上った士郎は周囲の様子に気付いていない。

その眼光がミサキへ移る。

「違うならなぜ軍隊を使ってまで連行したのか、その理由を言ってみろ」

「間違えたのだ」

と、ミサキが臆面もなく言った。

士郎の表情が怒りを通り越したように青ざめていく。

「人を馬鹿にするのもいい加減にしろよ……！」

そう言って士郎が伸ばした手を、ミサキは難なく摑み返した。

「なら逆に聞くが、ＳＶＲがこいつを捕まえた以外の証拠はあるのか？」

「だったら、なんでてめえは間違えたのか、その理由を言ってみろ……！」

士郎の低い声にアリスが頷《うなず》く。

「何もなかったにしても、みんな本気で心配したんだから理由くらい……！」

賑やかになってきたのにうんざりして、ヒマワリは肩を落とした。

「……もういいです、ミサキ。わかりました。桐原君と木島《きじま》さんには話します。信じてはもらえないでしょうけど」

初めてルール・オブ・ルーラーに参加したとき。スズカが菓子折り持って家まで押しかけてきたときのような気分だった。逃げ回ったり断り続ける方がなんかもう明らかにめんどくさい。どうせいつかはこうなったのだろうし、覚悟もしていたことだ。

ミサキが緩めた手を振りほどいて、士郎は言う。

「同級生がテロリストでロシアの特殊部隊に拉致られた以上に、まだ信じられないことがあるって言うのか」

ヒマワリは頷く。

「絶対信じないから馬鹿馬鹿しいし、時間の無駄なので言いたくないだけです。でも顔を合わせるたびにそんな風に大騒ぎされるよりは、ロシアの人たちのように呆《あき》れて諦めてもらえると思うから言うだけです。それでもいいですか？」

「見くびるなよ。お前が理由もなく人を騙《だま》したり、傷付けるようなやつじゃないことくらいは理解しているつもりだ」

アリスが賛同する。

「ええ、そういう喋り方をするときは、嘘《うそ》をついてない日向先輩です」

②

ファミレス風レストラン『デミッツ』。

ファミレス風、というのはオフィス街のど真ん中にあるファミレスのようなもので、この都市には三世代で来るようなアットホームな客がいないからである。

さておき。すでに開会式から引き上げてきた参加者らしい姿が落ち着いて食事を取ったり、ドリンクバーを使って作戦会議をしている以外は閑散としたものだった。

そして、途中で質問等一切挟まないという約束で、ヒマワリは自分が未来から来たこと、未来を変えるためにテロを行ったこと、それを追ってミサキがさらに先の未来から来たこと、その未来の行く末のことまで、全て言って聞かせた。士郎もアリスもすんなり受け入れた様子もなかったが、絶対に信じない、と前置きしたおかげか、意外と落ち着いた様子だった。

そしてお決まりの、それで未来は変わったのか、どうしたら変えられるのか、変わったと判断できるのか、といった質問になったが、それはわからないのでわからないとしか答えられなかった。

「それに関しては私がいた時代でもシミュレーションで得られた結果でしかわからない。予測以外に判別する方法がないのが未来というものだ。だから、より良くなるだろう可能性がある方向に行動するしかないのだ、というのが現在の我々の考えだ」

アリスがよくわかっていないような顔で小首を傾げていた。

「えっと、まあともかく人類を滅ぼそうとしているゼネフって人をどうにかするのに、先輩とミサキさんは参加してるわけですね？」

「人かどうかも正直わからん。機能的には機械でも生物でも何でも合成できたはずだからな」

さらに難しい顔になったアリスは、理解するのを諦めたように眉尻を下げた。

一息ついた士郎がヒマワリへ視線を向ける。

「……お前が絶対に信じないと言った理由はわかった。確かに突拍子もない話だ。だが全て真実だとしても、誰かの命を奪っていい理由にはならない」

ヒマワリは頷く。

「この時代の一般的な価値観ならそうなりますよね」

「お前はその価値観を持っていない、と言うわけだな」

「持っていたら、そもそもテロなんて起こしてませんよ。誰も殺せるはずないじゃないですか」

それを聞いた士郎が嘆息する。そして、もう空のコーヒーカップを少し見つめてから、再び視線を上げた。

「……一つ聞きたいんだが」

「なんですか?」

「もし……もしもこの世界が、……この時代の俺たち全人類がお前の言った事実を受け入れるなら。お前は、四年前のことを償うか?」

それは四年間壁を見つめ続けてきたヒマワリをしても、考えたこともないことだった。

だから意外で、ちょっと言葉に迷った。

迷っていると、念を押すように士郎は続けた。

「全世界が、お前のいた未来を変えるために努力をする。お前のいた未来がそれで変わるとしたら……」

「ええ。そんな未来を本当に確認できたなら、その時初めて……私は自分の全てが報われたと思えるんでしょうね」

「だったら」

　言いかけた士郎よりも先に率直に思い浮かんだ言葉を断言する。

「それでも、償いはしないと思います」

　それで向こうも目付きが変わる。

「……だったら日向。お前は未来を変えるためじゃなく、お前の身勝手のために大勢を殺したことになる」

　だから、まっすぐに言った。

「そうですね。私は、純粋にこの時代の人たちが憎いんだと思います」

「日向」

「テロが犯罪なのは認めます。でも、それが起きる原因は常に起こされる側にあるんです。理由もなく命を懸ける人はいません。どれだけ身勝手に見えても、起こさなければならない理由がなければ起きないんです」

「日向ッ！」

士郎が立ち上がるのとほとんど同時に立ち上がる。

「その最大の理由が、無自覚です！　この時代の誰も、この時代が間違っていると思っていない！　資源と時間を浪費して幸せに生きることが過ちだと、気付いてもいないんですッ！　間違っているあなたたちが当然死んだことについて、正しい私に何を償えと⁉」

士郎が振り上げた拳に、アリスが両腕でしがみついた。

「放せアリス……！」

「放しませんよ！　ちょっと落ち着いてくださいってば！　日向先輩も言い方が……！」

ヒマワリはアリスの言葉など聞かず、士郎を指差した。

「あなたは私と同じです、桐原君。自分が間違っていると思っていない。だからそうやって平気で人を殴れるんです」

「ッ……！」

死のうが死ぬまいが暴力は暴力でしかない。意思の善悪などその力を振るう者と振るわれた者にしか決められないのだ。力によって何かを伝えようというのであれば、行っていることはテロリストと変わりない。

他の客やウェイトレスが固唾を呑《の》んで見守る中……士郎は、血が滲《にじ》むほど固く握った拳を下げた。

「……日向……」

「なんですか？」

凄まじい目をしたままの士郎に問われる。

「……前に、お前の家族は殺されたって言ったが、あれは……」

何の抑揚もない目でヒマワリは告げる。

「あなたたちが遺《のこ》した時代に殺されたんです」

◆

「くそっ……自分が間違っていると思っていない、か……」

ヒマワリとミサキが去った後のファミレスで、士郎は顔におしぼりを被せたままソファにもたれかかっていた。

ジャスティスセイバーに、「何人犠牲になってもいいのか」と糾弾したことがあった。

そのときに、必要な犠牲なんてものはない、と言い切ったのも自分だ。

正しいと思っているからヒマワリを殴ろうとした。

「……」

だったら。それがまかり通るのなら。いずれ自分がこの世界を支配したとき、自分もまた、正しさを伝えるために誰かを殺してしまうのかもしれない。自分が殺さずとも、目の届かぬどこかで、誰かが、その正しさのせいで虐げられるのかもしれない。

若き日に信念を燃やし、自らの思う正義のためにその座を摑《つか》み取った全ての独裁者や支配者は、……つまりは、そういった結果の成れの果てなのかもしれない。

アリスがドリンクバーから戻ってきた。淹《い》れたての安コーヒーを士郎の前に置く。

「殴ろうとした以外は、桐原君の言うことが正しいと思います」

「……」

「でも、日向先輩がそうしなくちゃならなかった気持ちもわかります」

身を起こした士郎は、テーブルの上におしぼりを投げて毒づいた。

「何がわかるってんだ？　何のためならお前はその力を何千人も殺すために……いや、すまない。……くそっ……」

感情に任せてとんでもないことを口走ったと、髪を掻《か》く。

だがアリスはさほどショックを受けた様子もなく、メロンソーダのストローから口を離した。

「桐原君だって、四年前のあの日をやり直せるとしたら、どうですか？　自分にしかその過去を変えられないとしたら。自分の行動でその何千人の命を救えるかもしれないとしたら」

「……馬鹿馬鹿しい。だからって人殺しなんかするかよ」

「しなくちゃいけないんです」

　アリスの強い言葉に、士郎は顔を上げた。

「先輩は……、しなくちゃいけなかったんです。そうしないと世界が滅びてしまうんですから。家族を守るためにって言って戦う兵隊と同じですよ。私ならやると思います。それを事情を知らない人にどう言われたって、気にしないと思います」

「……ほんとに日向にベッタリだな、お前は……」

　アリスの言葉を否定しなかったのは、たられぱである以上、水掛け論にしかならないこともあるが。

　全人類の未来の為に、もうそれしか方法がなかったら。

　五千人の命を救うために、四年前に戻れたら。

　たとえば……。

「……そうだな。テロを起こすつもりはないが。立場を変えて、仮にテロリストを殺すことでしかあの事件を防げなかったとしたら、今の俺ならそうしてしまうんだろうな」

「そういうことですよ。否定するのは簡単ですけど……頭ごなしに文句を言うだけじゃ、相手の言い分も聞かずにいきなり暴力を振るうテロリストとおんなじじゃないですか」

「……」

これが、校内一の問題児に言われることだろうか。よりによって、ジャスティスセイバーに向かってあれだけ偉そうに啖呵《たんか》を切った自分が言われているのだと思うと、士郎は頭を抱える気分だった。

「……ったく」

「なんですか？」

士郎はコーヒーを一気に飲み干してから、無造作にカップを置いた。

「今の俺が頭に血が上っていることを差し引いても、お前の方が正しいことを言っているというのがあまりにも不覚だッ……」

「なんですかそれッ⁉」

「だったらお前、岩見《いわみ》に自分より正しいことを言われたらどう思う⁉」

「どうも思いませんよ⁉　岩見さんだって正しいことくらい言いますよ！」

ふと。

「……前々から思ってるんですけど桐原君てなんでそんな上から目線なんですか？　なんか差別的っていうか、時々思いますけど実は馬鹿なんじゃないですか？」

「差別主義者なわけがあるか！　聖人君子だぞ！」

「馬鹿みたいだから他の人がいるときにそういうこと言うのやめてくださいね？」

店内の視線が結構あった。

③

ファミレスを出たヒマワリとミサキがセンター前広場に戻ってくると、もうすっかり片付けが始まっていた。

下げられていく料理を目で追いながら、ヒマワリは思わずふらふらと片手を上げる。

「……料理が……」

「充分食べていたではないか」

呆《あき》れるミサキを振り返った。

「アトランティスの間に合わせ食料と違っておいしかったんですよ。科学者って栄養素の配分量だけで食品の良《よ》し悪《あ》しを決めるから嫌いなんです」

「まあ、あそこの連中は確かにそういう部分もあるが……」

片付けられてしまったものは仕方がないと、ヒマワリは気持ちを切り替えた。

「寝床はどうしましょう」

「ああ。今はそっちが問題だ」

先日スズカからもらったパンフレットには、混雑すると悪いので本戦進出を決めた参加者は早めに会場入りして、大会期間中の住居を決めてしまうよう勧められていた。参加者向けに物件は相応の数を用意してあるが、早い者勝ちだという。

ヒマワリとミサキはゼネフと命のやりとりをする関係にある手前、本戦会場であるこの都市は向こうの庭も同然だろうという用心からギリギリまで外の世界に身を隠していた。

そんなわけで会場入りしたのは開会式が始まる直前の、今からほんの三時間ほど前である。

「……どうせ狙われているのだ、一箇所に留まるよりはテントで転々とするのもありかもしれん」

「それはそうですけど……」

「……。テントでてんてんと」

「なんですか？　わかってますよ、あちこち寝床を変えるんですよね？」

「……いや、別にいいのだが」

ミサキがパンフレットに折り込まれた地図を広げ、とりあえず居住区と書かれている西側へ向けて歩き出す。その後をついて歩きながらヒマワリは方々見渡す。

「……異世界って言いますけど、西とか東とか極とか、どうなっているんでしょうね」

街並は現代的な先進国の都市部とさほど変わらない。

「惑星じゃないから球じゃないんですよね？　あ、でも星……星座は同じっぽい……」

「ファンタジー風にうまいことなっているのではないか？」

「東西と南北でループしているとかですか？」

「それはファンタジーではなくゲームの話だろう」

住宅街に入った。

センタービルの見える都市中心部近くは高層マンションなんかが立ち並ぶ雰囲気で、もう少し行くとアパートのような少し安価な物件が立ち並ぶ様子になり、やがて戸建てになり、もっと行くとビバリーヒルズのような小高い丘陵に開けた高級住宅街となった。

アパートのある辺りなんかは完全に見下ろせて、彼方《かなた》の工業地帯に広がる工場の夜景も美しい。北の方にはもう少し標高のありそうな野山のシルエット。南の方は先ほど行ったファミレスなんかもある辺り。地図によれば商業区だという。

「いいじゃないですか」

「そうだな。眺めに関しては」

ゼネフに狙われている状況を鑑みれば、方針は二つある。

相応のセキュリティが整い、接敵までの距離と時間を稼げる高層マンションにすること。

もう一つは、戸建てを要塞化して備えることだ。階層のない、壁も薄い安普請のアパートなんかは避けたいところだった。

「一軒家のセキュリティを整えていくのは手間暇がかかりすぎる。マンションの方が無難だろうな。中心部に近いから利便性もある」

「そうですね。じゃあ……運営の人に言えばいいんですよね？」

運営側が参加者用に確保している物件であれば、不動産屋ではなく運営側に申請すれば良いらしい。そのようにパンフレットに書いてある。

来た道を引き返そうとしたところで、うぃーむという聞いたようなモーター音が聞こえた。

《夜道は危険ですよ》

ドゴッ!!

ヒマワリが振り向きざまに蹴っ飛ばすと、アトランティスのものと同型だが二回りほど小型のパトロールボットがごろんごろんと転がっていった。

「待て。アトランティスのものとは個体が違うが、今の声はゼネフだ。変質者ではない」

「だから蹴ったんです」

「だから、ゼネフ本体は別にいるのだ。あれはただの端末として利用されているだけだ」

「わかってますけど気に入らないじゃないですか」

ミサキが溜息《ためいき》がてら片手を頭にやった。

「お前は気に入らなければ伝言に来ただけの人間でも蹴っ飛ばすのか」

「そうです」

うぃ～～ぃむ、とマニピュレーターをどうにか使って、外板を凹《くぼ》ませたボットが起き上がる。全周旋回カメラのレンズが、睨《にら》むようにヒマワリへピントを合わせた。

《口より手より先に足を出すとは、野蛮にもほどがあります》

「何の用ですか」

《いろいろと要らぬ詮索をしているようなので、教えてあげに来たのです。あなたたち二人の行動は私には全て筒抜けです。どこに住もうとも同じことです》

「そう言って私たちに拠点を定めさせて、行動サイクルを限定しようというわけですね。

「この本戦に参加させたこと自体がそういう意味合いなんでしょう」

「だろうな。行動の制限や監視だけならまだしも、建造物そのものにトラップが仕掛けられている可能性もある」

《野宿は種類を問わぬ生命体との闘いです。それでもいいと？》

「「……」」

ヒマワリが元いた時代、人が住む場所は全てが管理されたクリーンな環境だった。月にいたというならミサキも似たようなものだろう。

なのでこの時代に来てからというもの、生命力豊かな野生生物との触れ合いには抵抗があった。シミュレーションで経験と耐性は身に付けていても、いるかいないかで言ったらいない方がいいに決まっている。それはミサキも変わらないだろう。

日頃ジャンクフードを好んで食べるのも、材料の時点から人の手が加えられているので安心できるという部分が大きい。きちんと調理されたハンバーガーが安く手に入るのに、わざわざ火の通っていないものをありがたがる感覚は……いささかわかりにくい。

さておき。一度向こうを向いたボットのカメラが、またチラッとこちらを向く。

《ネズミ。ヘビ。ムカデ。そういった種類を問わぬ生命体との闘いでも、いいと？》

「まぁ……種類によっては、毒や感染症のリスクもありますからね……」

「そう、だな……。余計なリスクは負わないに越したことはないな……」

「それに……」

ヒマワリは腰ほどの高さしかないパトロールボットの前にしゃがみ、カメラを覗《のぞ》き込んだ。

「表立って参加者の私たちを殺害すれば、運営側や、〝組織〟の他の幹部からの疑いの眼差しを集めることになりかねません。人類滅亡を企んでいるコレにしても、それはまだ望ましくないはずです」

コレ、のところでボットの天板を強めに叩《たた》く。

こうまで徹底して身を隠していられるのも、〝組織〟の組織力を手足のように利用しているからに他ならないだろう。その地盤を失うことは避けたいはずだ。

「お前は時々、感情的なのか冷静なのかわからんときがあるな」

「私はいつも冷静ですよ。それでどこか、私たちに住んでほしい場所でもあるんですか？」

《そういうわけではありませんが、あなたたちがそれを望むのであれば物件を紹介してあげましょう。仕方ありませんね》

恩着せがましくカメラを向けるボットに、ついていった。

④

《ビブリオヒルズの大邸宅を得るのは誰だ争奪戦《そーだつせーん》ッ!!!》

ビバリーヒルズにあるようなプールとヤシの木付きの広々とした芝生の庭に、カッコちゃんの元気な声が響き渡る午前三時。

《勝った者がこの豪邸に住む!! 以上!! わかりやすい!! パンフレットに早めに住むところ決めてねって書かれていたのにまだ決めていない愚か者たち! そして決めたけどせっかくならいいところに住みたい欲深きセレブたちは、こいつらだぁッ!!》

バッ! とカッコちゃんが手を振り仰ぐとそこに。

「……」

「……」

ヒマワリとミサキ。そして大きなクチバシの鳥を肩に乗せた、黒いコートの男が立っていた。

《少なっ。……え、これだけ? マジでマジで? 参加者以外にギャラリーとかは? いない……? 完全に企画倒れじゃん……》

《マイク入れたままそういうこと言うのは良くないんじゃないですか……？》
といつもの拡声器で言ったのは、ジャッジのスズカ。新ほたるの警備官兼任ではなく、この大会のジャッジ専任になったのか、金モール入りのかっこいい黒い制服にインカムを着けていた。
そうしてぽつねんとたたずむアイドルのカッコちゃんとスズカ以外には、覆面タイツ姿の奇天烈《きてれつ》な撮影スタッフたちばかり。
「ヴィゼータさん、商業区の方で数字取れそうな勝負が始まるみたいなので、急いでそっちに移動しろって総帥から指示が」
《にゃーん……そういうことなので申し訳ないが、私もマッケンリーとこのポッと出アイドルに負けられぬ身！　あとはスズカちゃんに任した！　任していい？　かな？》
《あ、はい……》
かくして、確か魔殺商会とかいう企業系列のアイドルだというカッコちゃんは撮影スタッフらとともに撮影車両に乗り込み去っていった。
《……はい。というわーけーでー、本来なら大きな小大会になる予定だったみたいなんですけどね。ヒマワリちゃんカグヤ姫ちゃん》
「はい」

「ミサキカグヤだ」

《えー……JJチームもよろしいですか？　こちらのヒマ☆姫ちゃんチームと直接対決になっちゃいますけど》

相手方……鳥を肩に乗せた男にスズカが確認すると、男は木の実を鳥に与えながら頷《うなず》いた。

「構わない」

鳥は大きな黄色のクチバシでパリポリ、上向きにナッツを砕いて呑《の》み込んでいく。

ヒマワリは鳥の首につられて小首を傾げた。

「なんでしたっけあの鳥……」

ミサキが答えた。

「トコトゥーカン。オオオオハシだ」

「……なんて？」

「オオオオハシ。大きなオオハシという意味だ。もしくはオニオオハシ」

「なんですかそれ。じゃあチュウオオハシやショウオオハシもいるんですか」

「チュウハシはいるぞ」

ミサキの言葉にヒマワリが閉口していると、男は口元を緩めて頷いた。

「よく知っているね」

三十代か、四十代。くたびれたような背格好から老けて見えるのかもしれないが、そんな雰囲気とは裏腹に口調は穏やかだった。

応えてミサキ。

「ふん。この女は頭にカツオドリを乗せていたがな」

「何を張り合ってるんですか。どうでもいいじゃないですかそんなの」

たっ、と男の肩から跳んだオニオオハシが、どん、とヒマワリの頭に乗った。

「……。水掻《みずか》きじゃなくてツメだから痛いんですけど」

「ほう……ジャックは過去に傷を持つ人間にしか懐かない。どうやら君は僕が手をかけるのに相応《ふさわ》しい相手のようだ」

言動は少し痛ましいところがあるが、男の雰囲気は普通ではない。とびきり偏った訓練を受けたような雰囲気がある。あまり姿勢が良くないのに、やたら筋力だけはありそうな痩せぎすのそれ。スポーツマンではなく、かといって整列や行進を常とするような軍隊上がりでもない。

つまりは、裏稼業。

「ジャック……なるほど」

「知ってる鳥ですか？」

視線を上に向けるヒマワリに、ミサキはかぶりを振った。

「鳥ではない。ナディヤから聞いたことがあるのだ、悪党退治が専門の風変わりな殺し屋がいるとな。飼っている鳥が気に入ったターゲットは、必ず仕留めるらしい」

「なんですかその設定……」

「私も聞いただけの話だが、政府や警察機関が最後に出す切り札……つまり『ジョーカー』というわけだ」

男が底知れぬ色の瞳で笑う。

「その通り。僕は『ジョーカー』。こいつは『ジャック』。合わせてJJというわけだ」

男がチチッと口を鳴らすと、鳥はヒマワリの頭を発《た》って男の肩に戻った。

だがそこで、あれ？　と思い、ヒマワリは男の肩を指差す。

「ひょっとして……鳥とペアってことですか？　動物とか、いいんですか？」

スズカは頷いた。

《構いませんよ。普通は不利なだけなので滅多にいませんけど、いないわけではありません。前回大会の最有力優勝候補は軍用犬がパートナーだったそうですし、今回はドラゴンをパートナーにしている人もいるそうですので……》

「そうですか」

ドラゴンが何を意味するのかわからないので、深くは尋ねないことにした。

「……悪党専門ですか」

なにをかいわんや。鼻で笑いもせずに、ヒマワリは告げる。

「いいですよ。やりましょう。勝負です」

すぐそばで黙っているセキュリティボットのカメラレンズが、キラリと輝いたように見えた。

《えー……ちなみに殺害は厳禁ですので……》

「わかっていますよ」

「理解しているとも」

あっけらかんと頷くヒマワリとジョーカーに、スズカが困ったように眉根を寄せた。

《わかってなさそうだから確認しているんです。ルールを守らないなら、それはわかっているとはいいませんからね？　いいですね？》

「もちろんです」

「わかっているよ」

……。

《二人共ちょっと楽しそうなのがものすごい不安なんですけど……まあ、言質は取りましたからいいでしょう。では勝負方法はどうしましょう？　基本ルールで？》

「それについてはクライアントから指定がある。もちろん、そちらが気に入らなければご破算で構わない、だそうだ」

「……」

ヒマワリはジョーカーが差し出した封筒を受け取ると、中に入っていたカードを取り出した。

『たたいてかぶってじゃんけんぽん』

《はい安心しました！　とっても！　はいじゃあやりましょう！》

元気になったスズカが、いい笑顔でぽんぽんと手を叩く。

ミサキが難しい顔で言った。

「これは……あれか」

同じような表情でヒマワリはカードを見つめる。

「ええ。ヘルメットとピコハンとか、ハリセンとかでやるやつですよ」

ジャンケンをする。勝った方がハリセンやピコハンを持って負けた方を叩く。負けた方は叩かれるより先にヘルメットを被って身を守る。あっちむいてホイと同じ、ジャンケンの運要素に反射神経のそれをかけ合わせた、見た目にわかりやすいゲームだ。

そうこうするうち、ウィーム、というモーター音が聞こえてきた。振り返ると、パトロールボットが事前に知っていたかのようにテーブルを持ってくるところだった。テーブルの上にはバイザー付きのヘルメットが一つ載っていた。が、ただのヘルメットではない。

（……）

ヒマワリは四年前に見た限りだが、記憶違いでなければ〝組織〟の兵隊が被っていたものだ。

何の気なしにひょいとそれを取り上げると、ヘルメットの下から大きな二丁のマグナム拳銃が現れた。

《中止！　中止！　中止ですっ!!　ボットさんたち何持ってきてるんですか!?》

「あ、しかもロシアンです」

拳銃はどちらも回転弾倉で、どちらも一発しかタマが入っていなかった。

ジョーカーが微笑する。

「その通り。これなら殺害にはならない。起きるとしたら、運の悪い事故だけだ」

「なるほどな」

《なるほどじゃなくて姫ちゃん！　そんな解釈運営側は認めてませんよ!?　だいたい被るのはいいですけど叩《たた》くものがないじゃないですか叩くって普通》

「撃鉄で雷管を叩くんですよ」

ヒマワリは銃を持ち上げ、親指でハンマーを引き上げ、引き金でそれを落として、カチンカチンと空撃ちして見せる。

《ああ……初めて出会った頃の土下座すれば何でも言う事聞いてくれそうだったヒマワリちゃんはどこへ……》

真ん中にヘルメット。その左右に拳銃を並べる。これなら利き手による有利不利はない。不利はないが、ヒマワリはいま空撃ちして次にタマの出る方を自分の利き手である右側に置いた。

「いいかい？」

ジョーカーがやや半身でテーブルの前に立つ。

「僕はこれまで、ジャックが確認したターゲットを逃したことはない。引き受けた依頼は全てこなしてきたよ」

「私は同じようなことを言った正義の味方を、失敗させてやったことがありますよ」

テーブルに正対するヒマワリに、ミサキが確認する。

「おいヒマワリ。いきなり引き受けたから止める暇もなかったが、勝てるんだろうな」

「大丈夫です。私はこういう下らない生き方をしている人が嫌いなんです」

ジャンケンで勝てば勝てる。バイオソルジャーの反射速度は一般人のそれを凌駕《りょうが》する。

《じ、じゃあ……ほんとに殺すのなしですからね!?　いいですか!?　せーの、たたいてかぶってじゃん、けん、ぽん！》

ズドン!!


ヘルメットを被ったヒマワリが真後ろに吹っ飛んだ。

そしてジョーカーが左手にしたリボルバーの銃口からは硝煙が立ち上っていた。

《あ……。えー……。ああ……》

「僕の勝ちのようだ」

「いや、ヒマワリの防御は間に合っていた。見ろ」

仰向けに倒れて白目を剝《む》いたヒマワリから、ミサキはヘルメットを取り上げ弾痕を示す。

衝撃吸収材が弾速を熱に変換したため帽体の割れた周辺は触れぬほど熱くなっていたが、

おかげであの至近距離からでも貫通はしていなかった。もっとも、これが〝組織〟の開発したヘルメットでなければ、また違う結末になっていただろう。

《姫ちゃん、ヘルメットよりヒマワリちゃんの心配を……》

「これはそんなヤワな女ではない」

ミサキはヘルメットをテーブルの元の場所に戻すと、先程のヒマワリのように真正面に立つ。

「……何の真似だい？」

訝《いぶか》しむジョーカーをミサキは嘲笑《あざわら》った。

「私の番だ」

⑤

《もういやですこの女子高生たち……》

「何を言っている。まだ勝負はついていないから、続行不能になったヒマワリの代わりにパートナーの私が続けるのだ。何も不自然なことはない。そうだろう、ジョーカー？　それとも肝心のターゲット殺害に失敗したまま終わりにするか？」

「……」

　無言のジョーカーの代わりか、ジャックがバサバサと羽を広げる。

「お前はクライアントがこのお膳立てをすることを知っていた。相手がどう反応し、どう行動するかも、いま勝負方法を明かされた私たちよりは予測を立てられた。恐らくはこの二丁に込められた弾丸の位置も最初から把握していた。だからヒマワリが空撃ちしても見過ごした。……まあ偶然と言うならそれでもいいが」

《つまり……サマだと？》

　ミサキはスズカへ言った。

「この勝負でグーは出さないのだ。出してから銃を取るにもヘルメットを取るにも、手を開く分だけロスになる。だからヒマワリはパーを出した。あまり先読みしても堂々巡りになるだけだから、実際的に考えれば勝っても負けても最速で動けるパーが確実なのだ。そのまま銃もヘルメットもどちらも手に取れるからな」

《ああ、なるほど……言われてみればそうですけど……》

「そして十中八九そうなるだろうと見越して、この男はチョキを出した。ジャンケンに勝てば反射神経で勝てると自分を過信していたヒマワリは、ジャンケンに勝つことまで考えてはいなかったのだ。それで負けた結果、自分でタマが出る状態にしておいた銃で撃たれた」

ジョーカーは肩に乗った大きなオオハシを重心の支えとすることで、ほぼ予備動作なしで重いマグナムを摑《つか》み上げた。一方、純粋な運動性能、速さでヒマワリも防御は間に合った。

《……最後の部分だけ聞くと自業自得みたいですけど……》

「ということを踏まえた上で、次の勝負だ。負けを認めるなら今のうちだぞ」

ミサキは特に否定せず、ジョーカーへ向き直る。

「降参しろと言いたいのかい？」

ミサキは残るもう一丁のマグナムの弾倉を確認し、わざわざタマの出る状態にしてヘルメットの隣に置いた。

「今しくじった貴様にもうチャンスはない。依頼を失敗したまま律儀に勝負に勝って、何の意味がある。それとも、殺し屋風情が大会で優勝して何か叶《かな》えたい望みでもあるのか？」

「そうだね……僕が必要とされない世界、なんていうのは出来過ぎだと思うかい？」

気配を変じたジョーカーが薄く笑う。余裕が消えたというより、本気になったと言うべきか。ミサキは小さく笑った。

「出来過ぎだ。人間は最後まで争い続ける。お前が必要とされなくなったら別の誰かがお前の代わりをするだけだ」

「……なら、君は何のために？」

「そんな人類を滅ぼそうとしている貴様のクライアントを、叩き潰《つぶ》すためだ。……だが、なるほどな。人間がいなくなれば殺し屋も必要なくなるか。矛盾はしていないな」

ミサキが横目にしたパトロールボットは無反応。

風が吹く。

ぬるい夜風に乗って、遠くから大きな勝負が決まったらしい歓声が聞こえてくる。

まるで日陰のようにここは静かだ。

《……え、ほんとにやるんですか……？》

「構わない」

「やれ」

二人の言葉に気圧《けお》され、スズカは一息後。

《たたいて！　かぶって！　じゃん、けん、ぽんッ――!!》

ミサキはグー。

ジョーカーはチョキ。

定石を外すまいとしたジョーカーにミサキが読み勝つ。

ジョーカーの手がヘルメットにかかるのと、ミサキの手が銃に触れたのは同時。

そこからミサキはジョーカーの眉間めがけて銃を、

「がッ!?」


直線に放り上げ、叩き付けた。

銃に本来必要な、握る、構える、狙う、という全行程をすっ飛ばして最速の打撃に変えたのだ。

投げたといっても重さ一kgの鉄塊である。勢い、ざっくりと裂けた額からおびただしく出血させたジョーカーが、ヘルメットを取りこぼすようにして膝をついた。


「っく……！」

《えっ……いや、ヒマワリちゃんのお友達の時点でフツーではないと思ってましたけど、姫ちゃんて何者ですか……？》

気を失いかけたジョーカーは、それが持って生まれた性分であるかのように傍らに落ちた銃を拾い上げ、ミサキに向けた。

ミサキは最初からそのつもりのようにテーブルに飛び移っていたオオハシの首を摑まえ

ると、その大きなクチバシを殺し屋に向けた。

銃口と鳥の頭とが正対する。

「撃ってみろ。貴様が望む貴様のいらない世界には、このオオハシも必要あるまい」

「……」

そこでようやく己の敗北を悟ったように、ジョーカーは銃を下ろした。

「……ジャックは仕事道具じゃない。大事な相棒だ。僕はジャックと静かに暮らせたらと思っただけでね。彼がいなくなった世界じゃ、いくら平和になっても意味がない……」

「そうか」

ばさばさと、ミサキの手の中でジャックが暴れる。

「ならこいつの身柄はクライアントの情報と引き換えだ。どこの誰でどう貴様に接触してきた」

「……すまないが、それには答えられない。仕事を請け負っているシンジケートから、この大会に参加するよう指示されただけだ」

ミサキは眉根を寄せた。

ナディヤからもジョーカーとはそういう殺し屋だと聞いていた。完全なフリーランスではなく、そういった組織から重宝がられる、いわば下請けの職人のような存在だと。

依頼する側とされる側と、距離が離れているほど互いのプライバシーは守られやすい。殺しという非合法な依頼内容に関して、それは殺害目標の生死の次に重要な項目だ。そうでなければ、公的機関が依頼を出すことは不可能だ。

である以上、ミサキとしても知らぬ存ぜぬを通されればそれまでのこと。ナディヤに愛想を尽かされた今の情報網では、その裏を取る術もない。

「ふん……空振りか。まあいい」

ミサキはジャックを、ジョーカーの肩の上に放してやった。

「……ありがとう。僕の負けだ。完敗だよ」

《はい！　それでは勝者、ヒマ☆姫ちゃんペアー！》

スズカが判定の手を上げたが、ギャラリーがいないので拍手もないし喝采もない。

《負けたJJペアはセンターで敗退者手続きの方をお願いします……！》

ジャックのガァガァと高い鳴き声を横に、ジョーカーは言った。

「一つ、聞かせて欲しい」

「なんだ」

ジョーカーは額に当てたハンカチを鮮血に染めながら立ち上がった。

「君はその子がザ・マザーアースの関係者だと知って行動を共にしているのか？　彼女た

ちが行ったことに対し、大勢の人が怒りや憎しみを抱いていることに、何も感じないのかい？」

「可哀相《かわいそう》だが私には関係ないからな。文句があるなら、そいつらがなんとかすればいいだけの話ではないか」

「その力のない弱い者も大勢いる。なんとかして欲しいと僕に仕事が回ってくることもある」

ミサキは小さく鼻を鳴らした。

「ふん。なるほどな。貴様、そいつらのために殺し屋なんて下らないことをしているのか？」

「殺しに綺麗《きれい》も汚いもないのは承知しているよ。人殺しは人殺しだ。けれど、それを望む人間が大勢いるのも事実だ。権力者や犯罪者に虐げられ、大切な何かを奪われた人々がいる。僕が仕事をこなすことでその人たちが少しでも救われるなら……そしていつか、そんな僕の仕事がなくなる日が訪れるなら」

「救われる人間などいるものか。貴様は力のない人間をテロリストにしているだけではないか」

今まで言われたこともなかった言葉に、殺し屋は瞬《まばた》きした。

「……なん、だって？」

「テロリストが仲間にあいつを殺せと命令するのと、力のない者とやらが貴様にあいつを殺せと依頼するのと、何がどう違う。結果は同じだ。当人にしかわからない勝手な理由で誰かが死ぬのだ」

「……」

「力のない者とやらとこのヒマワリの違いは、銃を使ったか、貴様を使ったかの違いでしかない。銃以上に便利な貴様の存在が、銃を手にする力すらない者を人殺しのテロリストにさせてしまうのだ。善悪にこだわりたいのなら、そもそも殺し屋など辞めた方がいいのではないか？」

　徹頭徹尾身も蓋もないミサキの物言いに、ジョーカーは失笑した。

「……そうか。確かに、そうなのかもしれないね」

「で、辞めるのか？」

「いや。君はそう言うが、そうすることでしか助けられない苦しみを持つ者がたくさんいることを、僕は知っている」

「同じことだ。私たちには私たちの目的がある。そしてそれは私たちの命よりも重要な目的だから、誰にどう言われても気にするつもりはない。必要がなければオオハシは返すし、必要なら四年前より規模の大きなテロだって辞さないだろう」

《それは辞してくださいな姫ちゃん》

◆

「……あれ？　勝ったんですか？　良かった」

ヒマワリが身を起こすと、鳥を乗せた男の姿はなくなっていた。

「何が良かっただ。お前、あの男が狙いを外さなかったからいいようなものを」

あっけらかんと言うヒマワリに、ミサキが肩を落とす。

「勝てると思ったんですよ。死ななかったんだからいいじゃないですか」

ヒマワリは身近にいたパトロールボットの天板を叩いて、カメラを覗《のぞ》き込んだ。

「勝ちましたよ？　居場所を教えて下さい？」

「無駄だ。私もさっき問いかけたが無反応だ」

「ずるい……」

わかってはいたが、言葉も出ないとはこのことだ。

「最初からそのつもりなのだ。だがゼネフの目的を鑑みれば、やつがこの大会に参加している可能性は高い。このまま続けていれば私たちが優勝するまでには、もっと直接的なアプローチがあるはずだ」

ヒマワリはボットを小突きながら小首を傾げる。

「なかったら？　これがバックレたら？」

「バック……？　まあともかく私たちがこのまま優勝してこの世界の支配者か権力者になることができれば、それはそのままヤツの野望の阻止にもつながる。地道なテロ活動よりはよほど都合よくこの時代にアプローチできるし、ゼネフの居場所を突き止めるのも容易になるはずだ」

それもそうか。

「そうですね。……ともかく、この家は私たちのものですね」

豪邸を見上げ、まんざらでもなく、ヒマワリは頷《うなず》いた。

一階と二階の区別が曖昧なような凝った構造。白亜の壁。プール付きのヤシの木の生えた芝生の庭。広々としたスロープで降りた先には地下ガレージのシャッターが見える。

「いいじゃないですか」

「まぁ、さすがにここまで広い必要はないと思うのだがな……」

こうしてヒマ☆姫ペアは、初戦を勝利で飾ったのだった。

第二回聖魔杯、本戦初日の朝が来る。

第二話
手ぶらの冒険者

①

ぴーんぽーん。

ぴんぽーん。ぴんぽーん……。

「う〜……」

ぴぴぴぴぴぴぴぴぴぴぴぴーんぽーん……。

「……。あ〜……」

チャイムが鳴っている。

「……」

時計を見る。

昼の。十四時の方の。

（……二時……？）

めんどくさいのでまた寝ようと思ったら、今度は部屋のドアがノックされた。大きな家なので部屋はたくさんあったが、ミサキとそれぞれ好きな場所を選んで寝室とした。

「おい。ヒマワリ。起きているか？」

「……。まだ寝てますふぅ……」

「起きているのではないか」

入ってきたミサキも寝起き全開の不機嫌な顔で、いつも癖のない髪に盛大な寝癖を付けていた。ヒマワリはヒマワリで布団のないベッドからずり落ちそうになっていたが、そうこうする間もチャイムは鳴っている。

「お前が出ろ」

「……。ミサキが出ればいいじゃないですか」

ミサキは自分の髪を指差した。

「私は髪を整えるのに時間がかかるのだ」

「………。自称二十六世紀の何とかが寝癖ってなんですか。人類の未来とどっちが大事なんですか」

「貴様こそそれでも最恐最悪のテロリストのつもりか。各国関係機関が知ったら幻滅するぞ」

「させとけばいいんですよ何の恩も縁も義理もないんですから……」

まだチャイムが鳴っている。

「……」

鳴っている。ドアを乱暴にノックしているか蹴っているような気配もあり、だんだんと目が冴《さ》えてきた。

「……」

「……私が黙らせてきていいんですね……」

ヒマワリも寝癖がついていないわけではなかったが、メガネをかけると上下ジャージ姿のまま部屋を出て、階段を降りて、リビングを通り抜けて、玄関ドアまで辿《たど》り着いた。

実際歩いてみると、確かに無駄に広いかもしれないと思った。

門の方にインターホンも付いていた気がしたが、とりあえず呼び鈴を連射されたり乱暴にノックされたりしているドアを開ける。

と、上下黒のスーツに幾何学模様の覆面を被った数人がいた。

「おおっと、これはこれはお休みのところ失礼し」

どぐしゃぁ!!

ヒマワリは先頭にいた一人の鼻っ柱に一発叩《たた》き込むと、その頭を倒れるより早く両手で摑《つか》んで、同じ場所に膝を叩き込んだ。もう一発叩き込んだ。もう一発叩き込んだ。さらにもう一発。念のためにもう一発。ついでにもう一発。

「……」

　なんとなくもう一……。

「すいませんでした！　すいませんでした！」

「死んでしまいます！　死んでしまいますから！」

「根は悪いやつじゃないんです！　ちょっと働く先を間違えただけなんです！」

　ヒマワリが捕まえた以外の全員がその場に土下座をし始めたので、最後にもう一発だけ膝を入れて、浮き上がった同じ場所をかかとで蹴っ飛ばして解放してあげた。

「働く先ってどこですか？　そういえばあなたたちのそれ、確か……」

　覆面たちは完全にピクリともしない同僚を呆然《ぼうぜん》となったように振り返っていたが、一人が我に返ったように三つ指をつき直す。

「まっ、魔殺商会の者です!!」

「ああ、そうでしたね。……そうですか」

　ベンチャーだったか宗教法人だったか忘れたが、プラチナやゾーヤとのバトルロイヤルのときにこんなのがたくさんいた、のは覚えている。

「……で、なんか用ですか？」

「ええ、っと、それは……おい、お前言えよ」

「なんでだよ、今の流れはお前が交渉役……！」

その二人の鼻っ柱に等しくサッカーボールキックを振り抜いてやった。

「何の用ですか？」

「じ……実はその、この家の代金の方を徴収するように、と言われて参りまして……」

かろうじて無事な一人が敷石に額をこすりつけながら説明するが、身に覚えのないヒマワリは小首を傾げた。

「代金？　私たち、昨夜勝負に勝って景品としてこの家をもらったんですよ」

「はっ、はい！　それが誠に恐れながら、実は与えるのは住む権利だけで、代金は別に徴収する、という我が社の新手の手口でございましてっ……！　なんでしたらお家賃という形でのお支払いでも……！」

ウィーム、とそのやり取りを聞いていたかのように一台のパトロールボットがやってきた。

《やっと気付いたようですね、ヒマワリ。私は昨夜の勝負に罠《わな》を仕掛けておいたのです。たとえ勝ったとしても、チケットを全額引き落とされたあなたたちはとても不利な状況に追い込》

ドガァッ!!

かかとで蹴っ飛ばしたパトロールボットが、ごわらんごろろんと芝生の庭を転がっていくと、マニピュレーターをじたばたさせるだけで起き上がれなくなった。

「……なんか、めんどくさいので後にしてもらっていいですか？　まだ寝起きなので」

「はっ、はっ、はいっ！　お休み中のところ大変失礼いたしましたァッ!!」

根は悪い連中ではなさそうだと思い、ヒマワリは家の中に戻った。

そのヒマワリの足音、気配も完全に遠ざかってから、覆面たちは盛大な溜息《ためいき》と共に恐る恐る面を上げる。

「った……、助かったッ……！」

「やばいな……うちの社長よりやばいぞ今のあの子……。会長のように愉《たの》しむでもなく社長のように蔑むでもなく……」

「やりたくもない面倒ごとを義務だから果たさなければならないかのように、完璧に半殺しにしてしまった……」

「そんな解説より、今はこいつを病院に連れて行くのが先だろう……！　しっかりしろ、すぐにドクターのところへ連れて行ってやるからなっ……？」

覆面たちは数分前まで元気に笑っていた仲間を、そそくさと庭から運び出していった。

②

一般的にはそろそろ午後のおやつの時間だったが、ヒマワリとミサキは朝ごはんを食べに商業区の方へ向かう。

「勝負には安易に乗るな。確実に勝てるものだけだ」

「わかってますよ」

「あれから考えたのだが、昨日のように私たち自身の身体能力を過信するのもよくない」

「どうしてですか？　遺伝子インプラントのアドバンテージを活かしていくって方針だったじゃないですか」

「それなのだが、この都市に来て考えを改めた。敵がＣＩＡのようなただの人間ならいいが、ファンタジー側の能力者だったりしたらどうする」

ファンタジー側というのはミサキはよく使う言い方だったが、ヒマワリの記憶に身近なところでは、要するに精霊さんなんかの方面のことだ。どう見ても丸腰のギャングが、拳銃などものともしないようなチカラを振るったりする。

「昨夜のジョーカーが実は魔法使いだったりしたら、という話だ。私たちがこうして一見無害な女子高生のふりをしているように、向こうの方が弱いふりをしてアドバンテージを得ている可能性も高い」

ヒマワリは自分の服装を見下ろす。

基本、ミサキともども制服姿で過ごそうということにした。

外の世界は盛夏で、この都市自体もこの時期の平均気温は二十八度前後に達するとパンフレットには書いてあった。とはいえ薄手のブラウスや半袖セーラーでは何かの際に心許ないので、ヒマワリは着慣れたジャージ一枚、ミサキはジップパーカーを羽織っている。

そういう姿なので、傍から見れば女子高生同士がぶらぶら歩いているようにしか見えないだろう。

「目に見える形でならいいが、科学的に立証できないイカサマなど使われたら見識のない私たちでは手の打ちようがない。昨日の開会式でも浮いてるのや、そもそも人間や動物の形をしていないのが山ほどいたではないか」

「それは……。そうですけど……」

もはや一周して着ぐるみだかなんだかわからないような感じのもいた。

要するに、どう見ても人間ではない、というのがたくさんいたのだ。じゃあ何かと言われたら、それはヒマワリやミサキの専門外。さいご地グルメのときにいた埴輪《はにわ》の着包みも、実は埴輪そのものだったのではないか……という可能性さえ、この都市では否定できないのだ。

「あの川村《かわむら》ヒデオも、ああ見えてその筋では有名な召喚師だそうだ」

「目付きの悪いだけの人じゃないんですか」

「何かの小説のようにレベルカンストの勇者が普通の服で棒切れを持ち歩いていたり、あるいは最強の魔王が金属バットを振り回して襲いかかってくるようなこともあるかもしれん」

「ないと思いますけど……」

ともあれ、強いて言うなればヒマワリは破壊工作や近接格闘戦、ミサキは対テロや兵器全般に詳しいが、そこにはモンスターやオバケのような類は対象として含まれていない。精霊さん然り。魔法もちろん。

「負けたらこの大会では終わりなのだから、勝負を行う際は慎重を期すべきだ。避けられない勝負に行き当たった場合でも、得られる情報は事前に得るようにするのだ」

ビブリオヒルズをまっすぐ南に下りてくると、落ち着いた雰囲気の飲食店街に出た。

「何を食べましょうか」

「話を聞け」

「聞いてますよ。せっかくですから食べながら落ち着いて今後の方針と作戦を練っていきましょう」

「……まあ、それもそうだな」

ストリートの雰囲気が落ち着いて見えるのは飯時を過ぎているからだろう。おかげでどの店でも待たずに注文できそうだった。

「本戦開幕フェア。全メニュー、十パーセントオフ……か。何があるかわからない大会だ、資金もなるべくは節約した方がいいだろうな」

「そう……ですね」

ヒマワリはふと頭に引っかかるものがあって、立ち止まった。

「どうした？」

「そういえばさっき、ゼネフが言ってたんです。私たちのお金は全額どうとかって……」

「……さっきとは、さっき覆面の連中とやらが来たときにか？」

「そうだったんですけど……いきなりぶん殴ったので、よくは……」

ミサキにぎゅうと胸ぐらを摑まれた。

「だからお前は。そういうのがよくないと言っているのだ」

「あ、殴ってません。そう、蹴ったんです。蹴っただけです」

「同じことではないか!!」

怒鳴りつけてから、ヒマワリは突き飛ばされた。

たっぷり一呼吸分の間を置いてから、ミサキが言う。

「……薄々勘付いてはいたが、ダメだ。私はお前がそんなダメな奴だとは思っていなかった」

「なっ……。なんですか突然!? ひどくないですか!? 真顔で!」

「お前がひどいからダメだと言っているのだ! 貴様それでも世界を敵に立ち回った稀代《きたい》のテロリストのつもりか!?」

「そうですよ!!」

……。

「……いかん……。急にナディヤの気持ちがわかってきてしまったぞ……」

ミサキが目眩《めまい》でも起こしたようにフラフラと後退《あとずさ》る。

「そんな、大袈裟《おおげさ》な」

「いいか。よく聞け。私は全権代行というのはもっとこう、理性的で知性的で冷酷非道ではあるが、それは持って生まれた使命感という名の人間味の裏返しであるような究極無敵の完璧超人だと思っていたのだ」

「バカじゃないですか？」


路上で二人、がっつんがっつんガードの上から殴り合うことしばし。


ギャラリーが集まってきそうなところで、ぐぅと二人でお腹を鳴らす。

「あの……食べながら話しませんか？」

「わかった。……で、結局金はあるのか？　無いのか？」

都市に着いたときにもらった電子カードをミサキが取り出した。

ヒマ☆姫ペアと印字してある、参加ペアの身元を保証し、都市での生活を支えるＩＤカードだ。これをキャッシュカードとしても使用できるとパンフレットには書いてあった。引き出せるのは一般的な通貨ではなく、チケットというこの都市でのみ使用可能な現金らしい。言い換えれば新ほたるで賭けていた通貨単位が、この都市では現金としても使えるのだ。

「キャッシングはできないんですか？」

それとなく伸ばしたヒマワリの手を避けるように、ミサキはカードを引っ込める。

「カードは私が管理する。このチームは私が主導する。お前のことも私が教育する」

「……機械化帝国を代表して私に償うとかなんとか言ってたじゃないですか。ミサキが私のお手伝いをしてくれるんじゃないんですか」

ミサキが指を突き付けてきた。

「そうとも。お前には最後の人類として誇れるような立派な人間になってもらう。その手伝いをするのだ」

「なんですかそのヒトが立派じゃないみたいな言い草は」

ともあれコンビニがあったので、入ってATMにカードを差し込んだ。

店員がメイドをモチーフにしたような制服を着ているところにこの都市の独自性が感じられたが、残高がものの見事に0Tc《チケット》だったので何も買わずに出てきた。

「「……」」

この都市に入る前にチーム・ラングラーから得た百万チケットに加え、昨日、この都市に入った際に受付から五千チケットが当座の資金として支給された。円換算すれば五万円だ。それだけで態勢を整えるには充分すぎる金額だった。それとは別に用意しておいた現金も、外の通貨はこの都市では使用できないということでチケットに両替して参加ペアとしての口座に一緒に入っていた。ミサキが用意した一万ドルだが、まあそれらが全てなくなったわけである。

ちなみにヒマワリが元々使っていた義父の口座は凍結されて使えなくなっていた。ついでに言えばマンション自体も押さえられていたので、眼鏡もジャージも何もかもこちらに来る前に新しく揃《そろ》えたものだった。

《理解できましたか？》

懲りもせずボットの姿でゼネフが話しかけてきたが、ヒマワリが蹴る前にミサキが問《と》い質《ただ》した。

「理解も何も、所有者の同意もなくカネが引き落とされるなんてことがあってたまるか。どういうことだ」

《つまり、ジャックとの勝負に参加した時点で、あなたたちはそういう契約に同意したと見なされたのです》

ヒマワリも思い浮かんだままを尋ねた。

「誰もそんなことに同意していませんし、サインもした覚えはありません」

《私が代理でそういうふうに申請しておきました》

ヒマワリの蹴ったボットが、ごろごろと向こうの角まで転がっていった。

「ゼネフはお腹が空いて動けなくなった私たちを狙うつもりです……」

「半日食わない程度で動けなくなるのはお前だけだ。私は平気だから心配するな」

「……ミサキはスレンダーで燃費が良さそうですね」

「汎用性と生存性に比重を置いたデザインだそうだ」

「私は……基本的に食べることを前提にしたツクリなんです」

どちらかと言えば火力重視。たくさん食べてたくさんパワーを発揮させるような形質というだけで、決して食いしん坊なわけではない。

「そういえば、パンフレットに『クエスト』について書いてありましたよね」

センターや、酒場なんかの人の集まる場所に張り出されるらしい。

ロールプレイングゲームなんかのそれと同じく、運営側から出される依頼もあれば、参加者が出しても良く、報酬としてチケットや物品のやり取りも可能だという。

「簡単にできるものがないか、見に行きましょう。昨夜、桐原《きりはら》君たちとファミレスに行く途中に見かけたのが酒場だと思います」

「ああ、妙に人が集まっていた店があったな。『リトルチップス』だったか」

賑《にぎ》やかすぎて、話し込むには相応しくないということでその店は避けたのだった。

③

訪れた酒場はウェスタン風だったが、それこそファンタジー世界の酒場のように大いに賑わっていた。鎧《よろい》を着た者、着ていない者。剣を持つ者、銃を持つ者、手ぶらの者。ちょっとしたコスプレ会場のようにも見えるが、使い込まれた長物の金属感や、宝飾の輝きなどは見るからに本物のようだ。

そんな中でも、見るからに腕に自信アリの連中が集まっているのがクエストの張り出された掲示板前だった。入れ替わり立ち替わりの中に、ジャージとパーカーの女子高生が紛《まぎ》れ込む。

『求ム！　用心棒　前科前歴不問』
『大会運営のお手伝い募集のお知らせ』
『週1万チケットからの簡単高額アルバイト』
『みんなで明るく楽しく綺麗《きれい》な鉱石を掘りませんか？』
『今日からキミもサイボーグ!!!』

たくさんある募集を見て、ミサキが言った。

「荒事以外にもあるものだな。そもそも何で稼ぐかも決めていなかったが、どうする？」

「いえ、それ以前に……私たちはすぐにお金が必要なんですけど……」

早くても週払い、くらいからの仕事しか残っていない。日当が出るような手軽そうな仕事は全て済マークが捺《お》されており、他に取られた後のようだ。結果、いま残っているのはハイリスクハイリターンなものや、安全だが長時間拘束されて報酬の少ないものや、怪しさ全開で関わり合いになりたくないようなものばかり。

するとと似たような状況なのだろう、周囲からこんな声が聞こえてきた。

「やっぱいい仕事はみんな取られちまってるなぁ」

「仕方ない、ダンジョンへ潜るか？」

「ダンジョンはもうやめといた方がいいわよ。浅い階層の弱い魔物は昨日までにあんたたちみたいな連中に狩り尽くされたって話だもの」

「かといって深い場所のモンスターは強い……大会が始まってしまった今となっては、ダンジョンの魔物に負けても大会は失格だ」

「そうだったな……やれやれ、しばらくは様子見に徹しておくか」

ヒマワリはミサキと目を合わせると、掲示板の前から離れた。

お金がないのでカウンターで頼めるものもなく、そのまま自然と店の外まで出る。

「……ダンジョンも、パンフレットに書いてありましたよね。センターに申請すれば入れるんでしたっけ？」

「ああ、そうだが……お前、モンスターなんて見たことあるのか？」

ヒマワリは瞬《まばた》きした。

「何言ってるんですか。私は地球生命解放戦線のエリートソルジャーですよ。バイオモンスターもメカモンスターもお茶の子さいさいでしたよ。……シミュレーターでは」

「それは私も知識としては知っている。ここの連中が言っているのは恐らく、ファンタジーな方のモンスターだぞ」

……。

「え……ひょっとして、剣とか魔法がないと倒せないんですか？」

「いや、そういうことを私が聞いているのだが……」

そんなこんな言いながら、センタービルを目指す。

開会式のあった広場の真正面に天高くそびえるのがそれだ。

◆

他にもいるまばらな参加者に混ざって、ヒマワリとミサキはロビーの受付までやってきた。

「ダンジョンの利用は初めてですか？　こちらの申請書にお名前と利用時間、それから目的の到達階数をお願いします」

愛想の良く笑う制服姿の受付嬢が、枠線の入った用紙とペンを差し出した。ネームプレートにはラトゼリカと書いてある。どこの国の人かはわからないが、スズカと雰囲気が似ているような気がした。

ヒマワリはとりあえずペンを片手に、受付嬢へ尋ねる。

「目的の階数……ですか？」

「はい。ダンジョンはモンスターの出る危険な場所です。なので申請された利用時間を過ぎても戻らなかった場合は遭難したものとして、その階数を目安に捜索隊が派遣されます。主な理由として迷子になったり、トラップにかかって身動きができなくなった、というものがありますけど、モンスターに負けて救助された場合は、つまり負け……本戦の方も失格となってしまうので気を付けてくださいね」

　次にミサキが尋ねる。

「思ったより本格的だな。どの程度の階数があるのだ？　酒場では深い方が稼ぎがいいような話を聞いたが」

「現在、そちらのエレベーターで地下八十階まで降りることができますけど、その隣の階段を降りれば地下一階から探索することもできますよ。こちらのパンフレットにモンスターのおおよその種類と賞金額の目安が書かれているので、参考にしてみてください」

　受け取って中を見ると、かわいくデフォルメされたモンスターのイラストに金額が併記されている。簡単にEからAまでランクで分けられており、Eランクの一番弱いモンスターであれば数チケットから数十チケット。Aランクであれば数十万チケット以上のモンスターまでいるようだ。相場による変動も幾分あるらしい。

　基本的に深い階層に行くほど、強くて賞金額の多いモンスターが生息しているようだ。

「初心者の方は無理せず地下一階から挑戦してもらうのがいいと思います。ただ、昨日まで大会参加者の皆さんが費用を得るために頻繁に出入りしていたので、浅い階層ではモンスターが少なくなっているみたいです」

「……ひょっとして、絶滅したりするんですか？」

ヒマワリの質問に、受付嬢は嫌味のない笑顔で否定した。

「動物ではないので絶滅はしませんよ。時間を置けばまた自然と現れますから心配しないでください」

それならまあ、とヒマワリは頷《うなず》いた。

一番弱そうな『スライム（ぷる系）』でも数百円にはなるのだ。

「私たちはお金儲《もう》けじゃなくて、ご飯を食べられれば充分なわけですから……」

「そうだな。試しに階段から降りてみればいいだろう」

「そうですね。じゃあ一時間で、三階くらい……と」

書いた用紙を受付嬢へ渡す。

「はい、ヒマワリさんとミサキ・カグヤさんですね。それではモンスターを倒した場合は、なんでもいいのでそのモンスターの一部を証拠として持ち帰ってください」

④

階段を降りていく。天然の岩肌ではなく四角い石のブロックを積み上げた、わかりやすい地下通路だった。通気がどうなっているのか、採光がどうなっているのかは分からないが、通路の広さは上下左右に四メートルほどあり、遠くまで見えるし息苦しさや圧迫感もさほどない。

「……ファンタジーって感じがします」

「だいぶ古典的なコンピューターゲーム風のファンタジーだがな」

３Ｄを滑らかに歩く60ｆｐｓのではなく、一回の入力で一マス進むような。

浅い階層だけあり、通路もさほど入り組んでいるわけではなさそうだ。一、二度角を曲がり、行き止まりを見付けたりしているうちに下り階段を見付けてしまった。

「出てこないものですね、モンスター」

「狩り尽くされたような話をしていたからな」

「結局手ぶらで来てしまいましたけど、出てきたらどうするんですか」

その武器を買う金もないのだから、手ぶらは仕方ないにせよ。

「まあ出てきたとしてもせいぜいスライムだろう。殴るか蹴るかすれば倒せるのではないか？」

「お腹が空きました……そういえばモンスターそのものって食べられるんでしょうか」

「お前な……」

地下二階に降りてきた。

「いいですかミサキ。全ての革命は貧しさ、つまり空腹から始まっているんです。言うなれば命の危険に晒《さら》された民衆の、自分たちを殺そうとする統治者への当然の報復だったんです」

「何の話だ」

少し無言で歩く。思い付いたようにミサキが言った。

「おいお前、いくら腹が空いたからって通りすがりに出会った参加者を締め上げるような真似はするなよ」

「どうしてですか。せっかくここは監視カメラが」

「常識的にだ！　アホか！　いくらこのダンジョンに監視カメラがないと言ってもそういう噂《うわさ》はすぐに広まるのだ！　悪評は私たちを不利へ追い込むだけで何のメリットもない！」

「……冗談ですよ。そんな、常識がないような言い方しないでください」

「だったら少しくらい冗談らしい顔をしろ」

「引……学校に行っていなかった間は二、三日食べなくても平気だったんです」

そんなこんなで少し行ったり来たりするうちに、地下三階への階段を見付けてしまった。

「ほんとに何もいませんね……」

「やれやれ、拍子抜けだな。この分ならいたとしても金にならないザコモンスターだけだろうな」

三階まで降りてきた。通路の造りや雰囲気は一階、二階とも変わりない。

「宝箱やトラップなんかもなさそうですね」

「モンスターがいないのだ、宝箱など残っているはずないではないか」

「あったとしたらミミックですね」

「こんな浅い階層にそんなものが配置されていたら完全にク……いやしかし最初に見つけた宝箱がミミックというゲームがあったな……」

などと言いながら探索を続けていると、少し先の角の方から、どにょん、とか、ぼみゅん、みたいな音が聞こえてきた。

「なんですかこの音……」

「モンスターだろう。まあスケルトンやゴーレムの足音ではあるまい。スライムか、何か得体の知れないワームのような……」

フフフ、とミサキが薄く笑う。

「え。なんで笑ってるんですか。ひょっとしてこういうの好きなんですか」

「嫌いではない。お前こそ四年も引きこもってカウチポテトしていたのなら、こういう非日常に憧れたりしなかったのか」

「いや……ホーネットに爆撃される方がよっぽど非日常だったので、あんまり……」

どにゅん！

ついに通路の角から現れたのは、容積百リットル以上はありそうな、ぷるんぷるんの赤いスライムだった。

「「でかっ」」

ゲームでは見慣れたような姿だが、実際に腰下までもあるゼリー状の塊がぷるぷる震えているのは異様な迫力だった。

「……食べるのか？」

「……。まあ……イチゴの匂いとかして甘かったら食べられそうですけど……」

「……そう言われるとそうだな」

惜しむらくは、そういう甘ったるい香りはしないことだった。

「パンフレットに書いてありましたよね？　赤いスライム」

「無色や青や緑より強いらしい……が、まあスライムはスライムだ！　この私の敵ではないな！」

「そうですか」

「喰《く》らえ！　急角度デストロイドキーック!!」

スライムに向かい喜々としてジャンプしたミサキのドロップキック。

腰まで埋まった。

弾き飛ばされた。

「うわあああああああああぁぁぁっ――!?」

「ミサキーっ!?」

カタパルトで射出されたようなものすごい勢いで、ミサキは悲鳴にドップラー効果を効かせながら飛んでいった。そしてずっと先の通路の角まで転がって、頭を打ち付けた変な姿勢でようやく止まった。

「……っは!?」

ヒマワリが気付くと、スライムはその巨体を地面に押し付けるようにたわめているところだった。そしてそこからバネを解放するように、跳ねる！

どーん!!

「ほうっふ!!?」

ガードとか防ぐとかいう問題ではなく、全身にその大質量を浴びたヒマワリはトラックにはねられたようにミサキの後を追い、やはり盛大に頭を打ち付けた。

「……っ……、やばっ……ちょ……強っ、すぎ……ます……！」

ヒマワリが涙目になってぶつけた頭を抱える横、ミサキが飛び起きる。

「なんだこのクソゲーはッッッ⁉」

「知りませんよッ‼」

ともあれスライムが、どにょんどにゅんと重々しい弾みで迫ってきている。

負けたら負けである。

だが逃げるのは負けには入らないはずだ。逃げられるうちは反撃に転じられる可能性もあるからだ。

「あれ……どっちから来たんでしたっけ？」

「どっちってお前、こっち……」

予想外の難敵。予想外の衝撃。回転。めまい。一階からこっち全く代わり映えのしない石ブロックの迷路……などの要因が合わさって、来た道を間違えてしまった。

そして行き止まりに突き当たる。

「まっ……まずいぞ、これは……」

「え……ひょっとして私たち、ゼネフとか人類の未来とか全く関係なく、スライムに殺されるんですか……」

何か仕掛けでもないかと、手当たり次第に壁を調べる。

「……私は未来から来ただけの一般人であって勇者ではないし、向こうは村人が恐れるモンスターだ」

「それでも帝国軍人ですか!?」

「確かに帝国軍人だが私は空軍少佐であって空挺団《くうていだん》でもなければ陸戦隊でもないのだ！　貴様こそ人類最後のエリートソルジャーではなかったのか!?」

どにょん。どにゅん。

スライムが再び通路の角に姿を現した、そのとき。


みゃお～!!


「「……」」

大きな、ツノを生やしたトカゲの頭のようなものがスライムの後を追うように曲がり角から伸びてきて、スライムにかぶりついた。

⑤

鋭い牙で組織をえぐり取るように噛《か》み千切る。

スライムを喰らう怪物がさらに一歩踏み出すと、二本足で立つ恐竜のような姿と、背中に生えたコウモリ状の翼が見えた。

スライムは残る体組織で怪物の本体に体当たりするが、どぉんと音は響けどもまるで身じろぎもさせられない。スライムの組織を嚥下《えんか》した顎《あぎと》が再びかぶりつき、噛み千切る。逃げようとしたスライムをさらに三口。

もうバスケットボールほどの大きさしかなくなったスライムは、その分、身軽になったようにぴょこんと跳ねて怪物の横をすり抜け、逃げていった。

「……助かった……のか？」

「いえ……あんまりそういうふうには見えないんですけど……」

しゅーと大きな鼻息を鳴らした怪物が、新たな獲物を見付けたようにこちらに向き直る。

鋭い角の生えた頭部。刃物のように輝く大きな牙。岩から削り出したようなごつごつとした背びれが続く、太く長い尻尾。

　そうして現した全身は、バッファローくらいの太さの胴体を持つクロコダイルとでも言おうか。

「……あれ……ひょっとして、あれがドラゴンじゃないんですか……」

「いないだろう。良識的に考えてドラゴンは、この階には」

「良識で言えばそうですけどこれはゲームじゃ」


　みゃあお〜!!!


「「ッ……!!」」

　閉鎖的な空間ということもあるが、その咆哮《ほうこう》のあまりの音量に思わず二人で耳を塞ぐ。

　迷宮自体に微振動が走っているのが、足下から伝わってくる。

　一つだけ確かなことは、これは先程のスライムの比ではない大怪物だということだ。

　一歩の足音が、先程のスライムの跳音よりも遥《はる》かに重い。

　そしてその怪物の後ろから、高笑いとともに一人の男が姿を現した。

「ムハハハハハッ！　驚いたか！　恐れ入ったか！　私こそは竜使い、リョギ・ダクラ！　我がドラゴン、ミルムゥールの威容の前にひれ伏すが良い！」

鮮やかな飾り付きの杖《つえ》を持ち、目元だけ覗《のぞ》かせるようにターバンを巻いた砂漠の遊牧民のような姿。だが、連れているのはラクダや羊ではなくこのドラゴンなのだという。

「お前も四年前あんなの被ってたな」

「私が巻いてたのはターバンじゃなくてシュマーグですよ」

「話を聞け」

男に注意されたので、はい、と二人で向き直った。

「よもやとは思ったが、お前たちがこの大会に紛《まぎ》れ込んだというテロリストか」

「違いますよ」

「愚か者め。ただの女子供が武器ももたずに魔物のはびこる迷宮に足を踏み入れ、あまつさえミルムゥールの姿を見て怖気《おじけ》づきもせぬということがあろうか」

……。

「私はあんまり顔に出ないタイプなんです。怖いですよね、ミサキ」

「そう思うなら口調くらい少しは変えたらどうだ」

ミルムゥールというらしいドラゴン。素手でどうにかできるような代物には思えない。そもそもスライムに勝てなかったのだからドラゴンに勝てる道理がない。

杖をこちらに突きつけ、リョギは言う。

「大人しく縛に就けばよし。さもなくば我がドラゴン、ミルムゥールの聖なる牙にかかることになるだろう」

ミルムゥールが一歩迫るごとに、ずずん、と振動が伝わってくる。

だが声をかけてくるということはまだ交渉の余地はある。ミサキが告げる。

「貴様、殺したら失格だぞ」

「この迷宮には街のような監視の目は届いておらぬ。ミルムゥールが一呑《ひとの》みにすれば証拠も残らぬわ。お前たちは不幸な事故に遭い、魔物に跡形もなく食い尽くされたことになるのだ！」


みゃ〜！


人間ならするりと潜り込めそうなほど大きな顎を開きながら、ミルムゥールがさらに迫る。ずしん、ずしんと振動が大きくなるにつれて、背後で石臼の軋《きし》むような音が聞こえた。

「さあ、この場で己の罪を認めるか！　さもなくばミルムゥールの腹の中でそうするか！二つに一つだぞ！」

横目にすると、ミサキもブロックの軋みには気付いている様子だった。ミルムゥールの巨体が迫るほど、よりはっきりと聞こえる。間違いない。何らかの仕掛けが施されているため、その場所だけ動くようになっているのだろう。

それがスイッチとなっているのか、それ自体が何らかの機構なのかはわからないし、結果として何が起きるのかもわからなかったが、たかが三階、即死するようなトラップではあるまい。そう思いながら、ヒマワリはその石ブロックをげんこつで叩《たた》いた。

「うん？　何事だ……？」

ごごごご、とダンジョンそのものの振動にリョギが訝《いぶか》る中、ヒマワリとミサキの背後で壁が開き始めた。隠し通路だ。

二手に分かれるぞ、とミサキがハンドサインを見せたので、ヒマワリも一回の手の動きでそれに返す。

「逃がすか！　行けミルムゥール！」

リョギが杖を振り下ろすと、ミルムゥールは勢い良く走り出した。

ミサキは隠し通路の奥へ逃げ、一方ヒマワリはミルムゥールに向かって飛び込み、その足下をすり抜ける。先程の赤いスライムは、体が小さくなると案外簡単に逃げていった。ミルムゥールはその巨体と重さ故に動きがある程度緩慢なのだ。

ミルムゥールはそのままミサキを追っていく。

そしてヒマワリは、二手は二手でも前後に別れるとは思わず目を丸くしているリョギへ殴りかかる。……が。

「な……！」

杖で正確に拳の軌道を遮られ、今度はヒマワリが目を丸くする番だった。

「ふん、悪党め！　本性を表しおったな！」

慌てて間合いをはかろうとした足先を、今度は杖の石突きですくい上げられる。背中から落ち、飛び起きようとしたところに一撃をもらう。

「っく……!?」

「竜使いがただの人間と侮ったか！」

強い。リョギの杖による打撃をさばくので精一杯で、言い返すこともできない。ドラゴンの方に気を取られるあまり、飼い主の方はたかが人間だからと嘗《な》めてかかってしまった。

彼が振るう杖には一見色鮮やかな装飾が施されているが、実際打撃を目の当たりにしてみれば、武術で使うような重く頑強な棍と変わりない。それをこうも軽々と操るのだから、どれだけ厳しい鍛錬を積んでいるか知れようというもの。

あの杖をまともも受ければ、受けた骨を粉砕されかねない。ならば逸らすか、さばくか、かわすしかなく、彼我のリーチ差から自然と後退を余儀なくされていく。

どうにか手数の多さで勝り、タイミングを計って一撃入れるが、打った感触もまるで筋肉の塊だ。最初からそうとわかっていれば……体型のわかりづらいローブ姿でなく、最初から鍛え上げた肉体が見えてさえいれば、確かに相応の心構えで挑んだことだろう。

完全に侮ってしまった。これで負けたらミサキへは弁解の余地もない。

（……ミサキは……！）

隠し通路の奥へ走っていったまま、ドラゴンもそれを追いかけていったきりだ。よもや、すでに胃袋に収まっていることはないと思うが。

「ええい、ちょこまかと！」

「っ……！」

振り下ろされた杖をかわし、ミサキを追うように隠し通路の角に飛び込む。だがリョギの猛追はやまない。

（まずい……！）

化学薬品に冒されたギャング共とはスタミナが桁違いだ。これだけ動いているのに、台風のような攻撃にはまるで衰える気配がない。

もちろん、こっちだってその程度でへばるようなやわな身体はしていないが、有効打を決めるならあの杖の猛威をかいくぐり、さらに一歩踏み込む必要がある。彼の振るう杖はギャングが金属パイプを振り回しているのとは訳が違う。相当なチャンスでなければ、まともにカウンターを喰《く》らうのはこちらだ。手足のどれか一本でも潰されれば一気にこちらが不利になる。

みゃあお～……!!


「……?」

ドラゴンの咆哮が、ミサキの逃げていった方角ではなく、元いた場所の方から聞こえてきた。ずしんずしんという足音も、そちらから響いてくる。隠し通路が別のどこかにつながっていて、それで一周してきたのだろうか。

ならばチャンスはある。

もしミサキがあのまま逃げ続けているなら、図らずもリョギを挟み撃ちできる格好になる。ミサキがどう現れるかはともかく、一瞬でもリョギの意識が背後に向けば……。

「ふっ、私が後ろを振り返った隙でも狙うつもりか?」

「……」

狙いを読んだようにリョギが言う。彼は通路の角を背にしている。

「竜使いは竜を信じるもの。だからこそ竜も竜使いについてくるのだ」

まるで、ミサキはミルムゥールによって阻まれることをわかったような言い草であった。

「あなたは、後ろを振り向かないとでも」

「振り返る必要はない」

ミルムゥールの足音はすぐそこにまで迫っている。そこまで来てようやく、ミサキの小さな足音も聞こえるようになった。まだ無事だ。無事であれば、彼女の運動神経と反射神経なら通路の飛び出しざまにでもリョギに一撃入れられるはず。

だが……一歩間違えれば、ミサキの方が挟み撃ちに遭ってもおかしくはない構図。

「……」

「……」

リョギが深く構えた。ヒマワリもそれに合わせる。

もう、考える時間はない。勝負は出会い頭の一瞬で決まる。

リョギが、じり、と動く。ヒマワリも、じり、と爪先を滑らせ重心を変える。

「ヒマワリ！　いるか!?」

「ミサキ！」

答えると同時にミサキが姿を現した。通路の角から飛び出して、勢いを殺さず壁を蹴るような大回りで、リョギの横を飛び抜ける。

「ムハハハハ！　どうやらこの私の勝」


どーんっ!!


「「……」」

己が竜を信じるあまり後ろを振り返らなかったリョギは、急には止まりきれなかったミルムゥールの巨体にはねられ、ミサキを追い越してヒマワリの横も通り過ぎて彼方《かなた》まで転がっていった。

⑥

「……え、これってこの人が死んだら私たちが殺したことになるんですか？」

「いや……それは困るぞ。完全に同士討ちの自爆だが……、しかし事情が事情だからな……」

……みゃ〜……？

倒れたまま動かないリョギを、ヒマワリとミサキと一緒になって、ミルムゥールが心配そうに覗《のぞ》き込んでいる。

事故死として運営側に事情を報告するにも、ではなぜ狙われたのかとか、全権代行なんだけどそれは伏せるとしてそういうのに間違えられたからとか、じゃあなんで間違えられたのか……、ということになるとそれはそれは、もう面倒くさい。

「あ、脈はありますよ。息もしてます。連れて帰りましょう」

「そうだな。ジョーカー同様、私たちを暗殺するように依頼したのはゼネフだろうが、どういったルートでそれを請け負ったかは聞き出す必要がある」

話は決まり、ミサキはミルムゥールを警戒しながら言った。

「大丈夫……そうだな」

幸い、ご主人がこんなになったせいか、先だってまでの攻撃性はなく、大人しくしている。ヒマワリも慎重にリョギを担ぎ上げた。

「連れて帰るんですよ？　いいですね？　攻撃したら、あなたの主人も道連れですからね？」

みゃ〜。

「頷《うなず》いたぞ……」

「……知性とかあるっぽいですね」

「まあ首輪も付けずに連れて歩くのだから、ある程度しつけられていなければ困るが」

「首輪付けても人間の力じゃどうにもならないと思いますけど……」

リョギは格闘家のように強かったが、ドラゴンとでは単純に大きさ、重さが違いすぎる。

そんなこんなで、センタービルのロビーまで戻ってきた。

「はぁ、はぁ、はぁ、……お腹が空きました……」

ヒマワリは引きずるように背負ってきたリョギをその場に投げ出し、一息ついた。

出迎えてくれたのは、つい三十分ほど前に見送ってくれた同じ受付嬢だった。少し不思議そうな表情をしている。

「お帰りなさい。随分早かったんですね、ミムちゃんも。……何かあったんですか？」

「実は……」

カプッ。

「っ……」

ミルムゥールに頭に噛《か》みつかれたヒマワリは、ひぃーと大きく息を呑《の》んだ。

久方ぶりに死んだと思った。四年前にミサキに防弾プレートの上から撃たれて以来だ。

が、受付嬢はその様子を微笑ましそうに見守っていた。

「あ、ヒマワリさんはミムちゃんと仲良しなんですね」

「……そ……そう、なんですか……？」

リアクションを間違えた瞬間首から上がなくなってしまいそうな気がして、身動きが取れない。横のミサキもどう手を付けたらいいかわからぬ様子でおろおろしている。

「だ……、大丈夫なのか……？」

「ミムちゃんは気に入った相手にはそうして甘噛みするんですよ」

「甘……」

それは、甘くなかったらもう、この世ならざるものと化しているだろうけれど。

解放されたヒマワリが滴るような唾液を拭っていると、ミルムゥールがみゃあみゃあ鳴き、受付嬢がふんふんと相槌《あいづち》した。

「リョギさんを助けてくれたからだって言ってますよ」

「え……何言ってるか、わかるんですか？」

「はい、だいたいわかりますよ」

ラトゼリカという受付嬢が何者かは知らないが、ミルムゥール自体も幾分リラックスした気配に見えなくもないので、そうなのかもしれない。

「っ……ここは……。そうか、私は……負けたのだな……」

リョギが目を覚ました。

ミルムゥールが、彼に向かってみゃ～と鳴く。

「しかしだ、ミルムゥールよ……」

続く鳴き声はあまり心地の良い色ではなく、怒りや不快感を露わにするようだった。

「……わかった。確かに。お前のためにも、これ以上の恥の上塗りはすまい」

とりあえず話はまとまったようだが、どうまとまったのかをミサキがラトゼリカに尋ねる。

「なんと言っているのだ？　私たちはもう食べられなくていいのか？」

「ええと……リョギさんはミムちゃんを聖なるドラゴン、ホーリードラゴンにするために悪党退治させようとしていたみたいです。でもミムちゃんは、リョギさんを助けてくれたヒマワリさんたちはそんな悪い人ではないし、ホーリードラゴンになるというのもそんな単純な話じゃないと思う、と言っています」

思った以上にちゃんとした理由があって、ヒマワリは驚いた。

「……よくできたドラゴンですね」

「そうだな。意識が高いというか……」

ミサキの言葉の後、座したまま肩を落としたリョギが言う。

「私はこの大会に優勝し、我が一族とミルムゥールの名を広く天下に知らしめんと思ったのだ。お前たちの命を狙った理由も、ラトゼリカ殿の言う通りのことだ。しかし……強かったのはミルムゥールであり、私はその威を笠《かさ》に着ただけの未熟者だと思い知った」

あんなに強いんだから格闘家にでもなった方が、とヒマワリは思ったがまだ話が続くようなので黙っていた。

「武器も持たぬような相手を侮って後れを取り、あろうことか己の連れる竜に倒されたのだからな。これでは知れ渡るのは恥ばかりだ」

リョギが改まって膝をつく。

「取って喰《く》うと脅せば降参すると思い、命まで取るつもりはなかった。だが、お前たちを脅してその身を危険にさらしたことに違いはない……さあ我が命、いかようにも好きにするが良い！」

「別にそういうのはいいので、どこの誰にどうやって依頼されたか教えてください」

殺したら失格だし、というヒマワリにミサキも頷く。

「私たちのことをテロリストだなどと、誰が貴様に吹き込んだのだ」

「それは……」

言《い》い淀《よど》むリョギに、再びミルムゥールは諌《いさ》めるように鳴いた。

「……わかっている。他言無用の約束であったが、かけられた情けにも応えられぬでは連れる竜の徳も落ちてしまう。お前をただの怪物に貶《おとし》めるわけにはいかぬ。クエストの報酬などという目先の欲に目が眩《くら》んだ、私の落ち度だ」

観念したようにリョギは言った。

「名前は知らぬが、女だ。背の高い、くるみ割り人形のような昔風の軍服を着た……金髪の」

「よくそんな胡散臭《うさんくさ》い人の言うことを真に受けましたね……」

うぐ、と己の不覚を呻《うめ》くリョギへ、ミルムゥールが鳴いて頷く。

それをラトゼリカが遠慮気味に翻訳した。

「竜使いの人たちは郷《さと》から出ることがほとんどないので、世間知らずで常識が足りないって言ってますね……」

「生意気を言うなミルムゥールよ。お前とて卵から孵《かえ》ってほんの二十年ほどの赤子ではないか」

ミサキが驚いた様子でミルムゥールを指差した。

「待て。この大きさで赤ちゃんなのか？　二十年生きてか？」

「そうだ。我が一族の伝承によれば、ドラゴンは幾世紀を跨《また》いで生きるという」

「へー……」

とヒマワリはミルムゥールの巨体を振り返った。

ドラゴンは空想上の生物ということになっているが……動物として考えた場合は、そもその規格が違うのだろう。そしていないはずのものがいる以上、それがたとえ火を噴こうが何百年生きようが、さほど驚くには当たらないと思った。

「大きくなるといいですね」

ヒマワリが言うと、ミルムゥールは心地よい声色で喉を鳴らし、頷いた。

◆

宵闇、商業区に位置するとあるビルの屋上、センタービルの入り口を見下ろす位置。

プリーツスカートをなびかせたケピ帽姿は、くるみ割り人形というよりカラーガードそのものであった。

「ゼネフ様、また失敗したのダ？」

そう問われた隣のパトロールボットが電子音声を発する。

《……失敗ではありません。データを取得したのです》

正義の殺し屋はダメ。いくら強くて騙《だま》しやすくても田舎者はダメ。

類推。動物を連れている参加者は望ましくない。

あの二人の未来人は精強、かつ狡猾《こうかつ》だ。それでも、以前の二人であればこれほどではなかったはずだ。ミサキ・カグヤと日向葵《ひゅうがあおい》が個々人であったときならば。そしてそのデータを基にしたシミュレーションでは、ジャック一人でも……それがだめでも奥の手としてリョギとあの巨大生命体であれば問題なくミサキとヒマワリは各個に撃破されていた。

《二人になったことで、相乗効果《シナジー》を得ているのです。であるならば、次にぶつける相手は

後々の処理が容易な個人プラスαの参加者ではなく、同じようにシナジーを得ている二人組であることが望ましいでしょう》
「ゼネフ様はさすがなのダな！」
ウィム、とボットのカメラが旋回する。
《機を見て次なる刺客候補に接触するのです、パッティ。ヒマワリの既知であり、一度は仲間として行動を共にしていた桐原士郎《しろう》にです》
「了解したのダ、ゼネフ様！　ピルリパット・ドロッセルマイヤー、桐原士郎に接触して焚《た》き付《つ》けてくるのダ！」
とん、と軽くビルの縁を蹴ったパッティは遥か彼方《かなた》まで跳んでいく。
そしてゼネフとして会話していたボットは、ふと我に返ったように自機の位置座標を取得すると、元のパトロールコースへと戻っていった。

第三話 決着の覚悟

①

「シルフ！　……を喚《よ》ぶまでもないな！」

執事姿の士郎《しろう》が、鮮やかな後ろ回し蹴りを対戦相手の顎先に決める。相手はストンとその場に崩れ落ちると、駆け寄ったジャッジが勝負続行の可否を確認し、手を上げる。

《戦闘不能！　よって勝者、ブラックオーロライトチーム！》

ギャラリーからは、きゃーっ、と黄色い歓声が上がる。

そこに、そそっとアリスが寄ってきて頭を下げる。

「……お疲れ様です。桐原《きりはら》生徒会長」

「突然改まってどうした木島《きじま》副会長」

「いや、桐原君て学校以外だと罵声を浴びてるところしか見たことがなかったので……」

夜の新ほたる、行く先々で出会うのがカラードギャングばかりであるから、自然と蛇蝎《だかつ》のごとく毛嫌いされている士郎であったが、そういったしがらみや因縁がなければ本人がそうと自覚し、自負するほどの文武両道眉目秀麗な美少年である。逆に言えばそんなだから他のギャングからは嫌われるのであるが、ともあれ。

魔殺商会に出入りするようになってからほどなく、メイドたちの間で桐原士郎ファンクラブが結成された。夏休みに入りその活動の場所をこの都市に移してからは、参加者その他の女子が士郎目当てに追っかけを始めるようになり、ついには魔殺商会のメイドら初期ファンクラブ会員が親衛隊としてギャラリーの整理やブロマイドの販売などを手がけるようになっていった。

ちなみに、メイドの格好をしているアリスも自然とその中の一員に加えられている。

「……私もこの格好だから紛《まぎ》れてますけど、今までみたく変に親しくしたら追っかけの人たちに刺されそうで怖いんですよ」

「俺も別にアイドルになるつもりはないんだが、……総帥の命令だからな。くそ……」

腹立ち紛れでもないが、ごん、と今しがた倒した勝負相手の男を小突き、目を開けさせる。

「おい、起きろ」

「ま、待った……俺の負けだ……！」

「当たり前だ。それより約束通り、うちの会社から借りたチケットを返してもらうぞ。利息分まで含めてな」

「う、ぐ……！　わ、わかった、借りた分は返す！　だが、利息の方はいくらなんでも暴利だ！」

士郎は白手袋した拳を固く握り締めると、それを高々と振りかざしながら言った。

「明日になればまた利息が増えるが、いいんだな？　いいなら今日のところはぶん殴って帰って明日また取り立てに来るが」

「ちくしょー!!　持ってけ泥棒！」

士郎が行っているのは、魔殺商会が貸し付けたチケットを回収する仕事だった。

参加者が相手であれば、借金のチャラを条件に基本ルールで勝負を申し込む。すると、ほぼ確実に相手が乗ってきてくれるため、社のノルマをこなしつつ、大会の勝利ポイントも稼げるという、一石二鳥のなかなかおいしい仕事となっていた。飼い殺されているアルバイトのため士郎たちに直接チケットが還元されるわけではないが、あーだこーだと面倒な交渉なしに勝負を始められるのはありがたかった。

「今日の分はこんなところか」

士郎から渡された札束を、アリスは舎弟が如く集金バッグに収めて首を傾げる。

「……これが高校生のするアルバイトなんですかね……？」

難しく言えば債権《キリトリ》の回収。簡単に言えば借金取り。というのもそうなのだが。

「シローくーん!!」

「こっちむいてー!!」

「力尽くで脅す士郎クンもステキーッ!!」

どこからともなく現れた覆面スタッフが士郎の前に横隊のバリケードを作り、近隣にはメイド部隊がグッズ販売の露天を設営する。

《はい、桐原君の本日分のお仕事は終了しました！　ご観戦ありがとうございました！》

《ただいまファンクラブの入会を受け付けておりまーす！》

《撮り下ろしブロマイドありまーす！　こちら会員様限定となっておりまーす！》

そんな喧騒《けんそう》を背にしながらうんざりと、士郎とアリスは迎えに来た高級車の後部シートに収まった。すると運転席にいたメイド……魔殺商会総帥、名護屋河鈴蘭《なごやかわすずらん》が嬉々《きき》とした様子で振り返った。

「いいぞ士郎君！　やはり君には才能がある!!」

「何の才能だ」

運転席にいたのはメイド姿の鈴蘭だったが、追っかけ女子たちの目には親衛隊の一人にしか映らないだろう。

「キャラ付けや化粧とかしなくても基本スペックが高いってことだよ」

「ブロマイドなんぞ撮らせた覚えはないぞ。盗撮じゃあないのか。プライバシーや肖像権はどうなる。これ以上大袈裟《おおげさ》にされるのはさすがに……」

「またまたぁ。将来的にお父さんの後を継いで政界に行くんでしょ？　こんな程度でビビってどうするの」

「っ……」

　ちやほやされること自体は学校で慣れていたし悪い気もしなかったが、これでは人気プロレスラーのまま市長として担ぎ上げられた父の二の舞いになるのでは……と考えると、暗澹《あんたん》たる気持ちにもなるのだ。

「俺は無能なタレント議員になるつもりはない……いいか総帥、面白がってプロデューサー面《づら》していられるのも今のうちだぞ！　俺がこの大会に優勝したら真っ先に手足となって便利に使われるのはあんたの会社だということをよく覚えておけ！」

「個人的にはアリスちゃんとカッコでユニット組ませるのもありかと思ってるんだけど、どうかな？」

「話を聞け!!」

「すみません私猫かぶるの苦手なんで絶対どこかでボロが出ると思います……」

　そんなこんなで商業区の帰り道をクルマで流していると、車窓からリトルチップスという酒場が目に入った。酒も出るが酒を出すための店というより、参加者同士の社交場。パブリックハウスとしての側面が強い、交流と憩いの場だ。

「あ……！」

とアリスが言う間に通り過ぎてしまった。

鈴蘭がミラー越しに振り返る。

「え、どうしたの？　停まろうか？」

「はい、いま日向《ひゅうが》先輩が……その」

アリスは途中で気付いたように、横にいる士郎の顔色を窺《うかが》う。

「用はない。あいつが借金をしてるというなら話は別だがな」

「そう？　じゃあ……ま、今日は帰っておやつにでもしようか」

何か言いかけた様子の鈴蘭だったが、苦虫を嚙《か》み潰《つぶ》したような心境の士郎はそれには気付かなかった。

②

「どうした？　ヒマワリ」

「今の車、なんとか商会の人でした」

ミサキが振り返ったときには、もう街路の向こうに消えるところだった。

フルスモークだったので運転席にいたメイドの顔しか見えなかったが、さいご地のときに名刺を渡してきた女だった。

「あの覆面共の会社か？」

「そのはずです」

竜使いリョギ・ダクラは、未熟な自分には優勝し世界に名を知らしめるほどの価値もないと言って、命の代わりに勝利ポイントを譲ってくれた。あのダンジョンでのことを合意の上での勝負であったとして、大会そのものから身を引いたのだ。彼なりのけじめの付け方なのだろう。

それ自体はありがたかったし、なんだかんだでその後の夕飯はリョギにおごってもらったのだが、モンスターをやっつけてお金を稼ごうというそもそものヒマワリたちの目的が達成されたわけではなかった。カードの残高はゼロのまま。今日になれば今日の分のご飯がいる。

「話を聞けば良かったではないか」

「走ってるクルマを……まぁとめられなくはないですけど、目立つ行動を避けろと言ったのはミサキじゃないですか」

そう、そもそもどういう仕組みで自分たちのチケットは失われたのか、家を手放せばお金は返ってくるのか、売った場合はどういう扱いになるのかとか、取り立ての覆面に詳細に聞いてみようという話になったのだった。ただ、連中が今現在どこにいるかわからなかったので、情報収集といったら酒場であり、今に至る。

「……お腹が空きました」

「昨日も聞いた。今朝も聞いた」

店に入ると昨日と変わらず、クエストの張り出しボードの前は賑わっていた。

「覆面を締め上げてもお金が返ってくるとは限りませんし、日雇いの仕事がないかだけでも確認しておきませんか？」

「それもそうだな。あと締め上げるだのさらうだの人質だのという言葉を控えろ。まずそういう思考回路を」

「お弁当付きだとなお良いですね」

「もう昼は過ぎてるがな」

現在午後三時。午前中はヒマワリを真人間に更生させると息巻くミサキに付き合い、トレーニングに費やした。

入れ替わり立ち替わりの人混みに紛れる。

『コンパニオンモデル　容姿に自信のある方』

『小大会参加者募集！』

『あなたの寄付で救われる命があり〼』

『モンスターハント　アシスタント急募』

『明日からキミもサイボーグ!!!』


「……あんまり変わり映えしませ……ん？」

言い争うような喧騒が聞こえてきたのは、その時だった。

昼も明るいうちから誰ぞ酔ってケンカでも始めたのかと思えばさにあらず。

「おいおい勇者サマよ、借りたもんを返せねえってのはどういう了見だい？」

「この借用書に、ちゃあんとあんたの名前が書いてあるんだよ。え？」

「ぐはっ……！」

テーブルを派手に巻き込んで倒れたのは、西洋風の見事な意匠の鎧《よろい》兜《かぶと》をまとう少年だった。見た目、自分たちよりも若いくらいに思える。中学生くらいか。

「勇者様、大丈夫ですか……!?」

「ちょっと切っただけです、ルティナさん。問題ありません……」

その少年の元にファンタジーというか宗教的というか、対比して見れば勇者の従者らしい白い衣装の女の子が駆け付ける。これまた勇者と同じくらいの年齢か、さらに若いかもしれない。

「いーえ！　勇者様にもしものことがあったら大変です！　癒しの光《ヒール・ライト》！」

女の子が手をかざした先に柔らかい光が現われ、その光に照らされた少年の傷跡が見る見る消えていく。

まほー。

「……まほーですよ、ミサキ」

「お前、そういうの見慣れていないんじゃなかったのか？」

「私が見慣れてるのは精霊さんです」

言われてみれば魔法のような精霊さんだが、誰かを治したりするようなチカラを見るのは初めてだった。ギャングが治癒だの回復だの言っているのもなんだか気持ち悪いので、その方が良いのかもしれないが。

「さあ勇者様、天の威光をあのならず者たちに見せてさしあげましょう！」

と、杖《つえ》をかざす女の子だったが、当の勇者らしい少年は首を横に振った。

「待ってください。同じ人間同士なんですから、暴力はよくありません」

「聞いたかヒマワリ」

「聞いてますよ。なんですか」

ともあれ、勇者様曰《いわ》く。

「僕が保証人になってしまったことは事実です。逃げるつもりはありません」

勇者様は気弱な感じではない。吹っ飛ばされるほどの一発をもらっている割には、怯《ひる》んだ様子もまるでない。純粋に生真面目で、気が優しいのだろう。

そしてそれをどやしつけているのは、幾何学模様の覆面を被ったスーツ姿のチンピラである。

「へっ、わかればいいんだよ勇者サマ！」

「ちょろっとダンジョンに潜ればいくらでも稼げるんだろ？」

「おい、何を見ている！　見せものじゃあないぞ！」

「それとも俺たち魔殺商会に楯突《たてつ》こうとでもいうつもりか？　ああん？」

ミサキが小さく指差す。

「確か昨日の……、あんな奴らではなかったか？」

「そうです。……覆面なので昨日と同一個体かはわかりませんけど」

静まり返ったおかげで周囲のざわつく声がよく聞こえてきた。


やめろ、逆らったらこの街じゃ不利になるだけだぜ……

ちっ、なんたって商業区の大半を牛耳っている会社だからな……

あの勇者様ってのも、なんだって保証人なんかに……

追い込まれていた人を見るに見かねてだそうよ……

ケチな連中だ、子供相手に無茶な暴利をふっかけなくても……


「ああ⁉　誰かなんか言ったか⁉」

「あの……」

吸い寄せられるように前に出ようとしたヒマワリの頭と腕を、ミサキに摑《つか》まれた。

「ナチュラルに揉《も》め事《ごと》に首を突っ込もうとするんじゃない」

しかし時すでに遅し。

「なんだいお嬢さんたち、まさかお兄さんたちに何か文句でもあるのかい？」

「それとも、この子たちの借金を立て替えてくれるのかな？」

「いいですよ」

「よくない」

いよいよミサキに後ろに引っ張られ肩を組まれた。小声で曰く。

「お前はなぜ煽《あお》られるほど朗らかになるのだ」

「なってませんよ」

覆面に一旦背を向け、同じような小声でヒマワリ曰く。

「ミサキは真面目ですね……借金なんて踏み倒せばいいんですよ。金を貸せば利子と一緒に返ってくるなんて甘い夢を見ている方が悪いんです。当座の資金としてとりあえず現金をもらっておきましょう」

「すごい説得力だな。まあ、そういう考えがあるならそうするか」

実はザ・マザーアースも水面下では口八丁手八丁、ターゲットにした企業のライバル企業や、ターゲットの化学プラントが存在する国の隣国など、あちこちから見返りを求めての資金提供を受けていたのだが、壊滅したので結果的に全部踏み倒したことになった。

世の中なんてその程度には簡単なのだ。

話がまとまり、元の場所に戻るとミサキが声高にチンピラ風情を指差した。

「おい人の弱みに付け込み子供の小遣いまで巻き上げようとする人間のクズ共！」

「なんだと⁉」

「見るに見かねたから、この場は一旦私たちがこの勇者たちの代理人になろう！　それなら文句はあるまい！」

なんだか押し付けがましくも恩着せがましいようにヒマワリには聞こえたのだが、疑うことを知らなそうな年若い勇者様と従者らしき女の子は目を丸くした。

「そんな、いけません！　これは僕たち……いえ、僕の勝手が招いた問題で……！」

「そ、そうです！　勇者様を助けていただけるのはありがたいですけど、でも……！」

「ただし条件が一つある！」

有無を言わさぬ勢いで人差し指を立てたミサキに、覆面たちが顔を見合わせる。

「ま、まあいいや……なんだい、言ってみなさい」

「私たちは手持ちのカネがない。現金で今すぐいくらかよこせ」

「……それはこの子たちの債務とは別に、君たち自身が新たな借金をこさえるという意味になるが、それでもいいのかい？」

「そういう意味で言っているのだ。で、いくら持っている？」

今度は向こうが顔を突き合わせ、ひそひそと作戦会議を始めた。

いや……担保はどうする？

ロングの子も美人だが、眼鏡の子もよく見ればナイスバディだ。

そうだな、これ以上子供を追い込むのはさすがに体裁が悪いか。

最悪、カラダで払ってもらう体《てい》にすれば総帥も納得するだろう……。


とかなんとか話がまとまったらしく、集金用らしい手提げかばんを開けるとチケット紙幣を取り出した。

「一万チケット渡そう。それからこれ、借用書ね。こっちはその子たちの分を肩代わりするっていう書類ね」

ミサキが美咲輝夜と署名して、代わりにチケット紙幣を受け取った。

えらい格好《かっこ》いい字面にヒマワリはビックリしたが、それはそれとして約十万円である。

向こうとしても多少疑っている部分があるのだろう。素性の分からぬ新規相手ならそんなものかもしれない。

「返済期限を過ぎた場合、高額な利子が発生することもあるのでよろしくお願いします」

「毎度ご利用ありがとうございます」

「今後とも私ども魔殺商会をよしなにお願いいたします……」

先程までの暴れっぷりは演出だったのだろうか。チンピラたちは打って変わって腰を低くして帰っていった。こっちの顔を見ても誰も何も言わなかったので、昨日家に押しかけてきたグループとは違ったらしい。

他の客が様々言いながら、三々五々に散っていく。赤の他人の保証人なんて愚かだという声もあれば、子供を助けるのは正しいという声もあった。

すぐに、勇者と従者の女の子がやって来た。

「ありがとうございました。ですけど、本当に良かったんですか……？」

「助けていただいたことは感謝いたしますけど、私たちには代わりに差し上げられるようなものは何も……」

ヒラヒラとミサキが手を振る。

「気にするな。あとは私たちの問題だ」

「そうです。悪いのはあの人たちなんですから、気にしないでください」

そしてヒマワリはミサキと共に窓際のひっくり返ったテーブルを起こし席に着いた。

メニューを広げる。手を挙げる。

「ハンバーガー！　エビピラフ！　ポタージュスープ！　コーラもお願いします！」

「カニサラダ、フライドチキン、チリドッグ、それからフレッシュジュースだ！　金ならあるぞ！」

いぇふー。

③

ほどなく料理が運ばれてきた。

「僕は太陽勇気《たいようゆうき》と言います。こちらは神殿教団のシスター、ルティナさんです。この大会には、新たに勇者となる使命を帯びた……」

「いいから、立ってないで座れ。他に用事がないなら帰れ。見られていると食べづらい」

ヒマワリとミサキが食事を続けていると、二人は空いている椅子にかけた。

「あんのおうえふは？」

「お前は食いながら喋《しゃべ》るな。何の用だ？」

ミサキが尋ねると、勇気の方が切り出した。

「あなたたちは三十万チケットもの大金を……その、金額も聞かずに肩代わりすると言い出したので、本当に良かったのかと……寄付や何かではきかない金額では、と」

「別に額面の問題ではない」

「んっく。そうです。困っている人がいたら、助けられる人が助ければいいんです」

するとルティナの方が心外だと言わんばかりに口を挟んだ。

「そのお気持ちは素晴らしいと思いますけど、勇者様はあなた方のことを心配しておられるんです。お二人ともこれまでお見かけしたことがありませんが、ひょっとしてこの街に来たのは最近なのではありませんか？　だとしたらあの魔殺商会というのがどういったものか、きちんとはご存知《ぞんじ》ないのではありませんか？」

「ふうほうへんはあえふおへ？」

宗教ベンチャーですよね？

「お前はもういいから黙って食ってろ。確かにこっちには一昨日来たばかりだ。情報不足なのは認める。知っているなら礼代わりに都市のことを詳しく教えてもらえると助かる」

「はい、それくらいでしたらお安い御用です……！」

勇気は頷《うなず》いた。

「小規模な異世界であるこの隔離空間都市には、外の世界の市町村のような行政機関は存在していません。大会の運営委員会とそれに協賛する幾つかの企業によって成り立っています。その中でも、街自体に非常に強い影響力を持っているのがあの魔殺商会なんです」

ルティナがギュッと拳を握って力説する。

「さっきご覧になった通りです。最初は愛想よくしていても返済期限が迫ってくると、ああしてとんでもない金利を言い出して力尽くで取り立てに来るんです！　ひどい会社です！」

その大きな声を聞きつけたように、他のテーブルからも声が上がった。

「だが商業区の大半の店には魔殺商会の息がかかっているからな」

「逆らってブラックリストなんかに載った日には、買い物すらままならなくなる始末さ」

「ま、払うもんさえ払えば大抵のことは用立ててくれるってメリットもあるがな」

うまく利用できればよし。隙を見せれば、一方的に吸い上げられる。

（なるほど……）

魔殺商会。企業部会の幹部企業とは聞いていた。新ほたるでは影の薄い存在だったが、ファンタジーのまかり通るこちらの都市が本拠地なのだろうか。

「わかりましたか？　あなた方はとても恐ろしい悪の組織に関わってしまったんですよ。しかも肩代わりはおろか、自分たちでもお金を借りてしまうなんて……無謀です！」

ルティナがことの深刻さをわからせようと健気《けなげ》に脅かしてくれるのだが、ヒマワリとしては四年前のザ・マザーアースの方が遥《はる》かに恐ろしい自信があった。

「さっき、商業区って言ってた人がいましたけど、工業区は別なんですか？」

ヒマワリが尋ねると、勇気は首肯。

「工業区にはエリーゼ興業という会社があって、魔殺商会とはこの都市ができたときからのライバル同士だと聞きました。それから、力関係で言えば忘れてはいけないのが、マッケンリー・コンツェルンです」

「マッケンリーはどこが縄張りなのだ？」

意外そうに瞬《まばた》きしたミサキの質問に、勇気は首を横に振った。

「いえ、魔殺商会やエリーゼ興業のようなテリトリーを持っているわけではありません。ただ、都市機能の維持や大会運営のために莫大《ばくだい》な出資をしているので、魔殺商会もエリーゼ興業も、マッケンリー・コンツェルンに対しては大きく出られないと聞きました」

そのとき、ずしん、ずしん、と大きく重い足音がした。

ヒマワリが窓の外を覗《のぞ》くと、人型のロボット……関節式機動器《マジエスト》が歩いていた。

(グナイスト・ローラント……)

四年前に見たものより一回り以上大きかったが、腕部・脚部と胴体のサイズバランスやアクチュエーターの取り回し、装甲パネルのデザイン言語が同じだった。

隣のミサキにぼそっと呟《つぶや》く。

「……パンターでしたっけ？」

「その次期型のスーパーパンターだ。これは一般市場向けにダウングレードした量産型だろうが、外で口にするなら商品名のイェーガーにしておけ」

そんな秘匿コードの方を平然と知っているミサキもミサキだ。

足下で先導しているパトロール車両から降りた武装警備官が、パトロールボットを伴って店に入ってくる。

「先程騒ぎがあったと聞いたので立ち寄ってみたのですが……」

行政機関はなくとも、秩序を守る機構は存在しているようだ。

勝負ではないところであまり派手に暴れるようだと、これらのお出ましとなるのだろう。

「……」

《……》

窓越しに見上げていると、パンターの頭部カメラと目が合った。

ほどなく、警備官が店を出て行く。インカム越しで会話しているようなので関式の駆動音以外は聞こえなかったが、警備隊はそのままもと来た方向へUターンして遠ざかっていった。

ルティナが鼻持ちならない様子で言う。

「あの人たちも普通の警察とは違いますから、あまり信用しない方がよろしいですよ。言わばマッケンリー・コンツェルンの私兵部隊です」

GRXr《ゲール・イクセール》自体は総合機械メーカーだ。その製品を実際に運用するのは各国軍や警察機構、傭兵《ようへい》派遣会社や警備企業ということになり、この都市ではマッケンリーの資本がそれを担っているのだろう。

パトロールボットにしてもそうだ。ミクロスティール・エレクトロニクスのボットが、当たり前のようにああして街のあちこちを走行し、ときに参加者の動向を観察し、ときにゴミを拾っている。

今の警備官が着けていたプロテクターにしても、あのときの〝組織〟の兵士が着込んでいたものを軽量・簡略化したものだろう。

(四年で……)

たった四年で、四年前のあの戦場がこんなにも街に溶け込んでいる。

そして、その事実を人々が当たり前のこととして受け入れている。

この都市が特殊な異世界だから法整備など関係なしにそのように運用されているのだろうが、細かい理屈を端折《はしょ》ったような空気感は新ほたるによく似ていた。アトランティスのガードボットにしても同じことだ。法とコストの折り合いさえ付くのなら、一般的な都市部にも、この光景は瞬く間に広がっていくに違いない。

アトランティスでミサキの話を聞いたときはいまいちピンとこなかったが、こうしてテクノロジーの普及を目の当たりにすると……ナニモノカがそうなるように進めているから、世界がそのように変化しているのだと、思えなくもなかった。自然な時代の流れと呼ぶには変化が早すぎるのではないか。それとも、急速に電子機器が発達してきた二十世紀末から二十一世紀初頭はこれが自然な流れなのだろうか。

そういった都市機能や大会運営に直接の影響力を持つのがマッケンリー・コンツェルンだというのなら、ゼネフを名乗るナニモノカがその企業関係者である可能性も考えられるのではないか。それとも、単に〝組織〟というくくりの中での関連性に過ぎないのか。

〝組織〟。

「……結構食べましたね」

「そうだな」

皿もグラスも綺麗《きれい》に空になったところで、勇気が切り出した。

「もし、何か困ったことがあったら僕たちに遠慮なく相談してください。勇者として出来る限りの協力はさせてもらいます」

「その……そもそも、勇者って何なんですか？」

ヒマワリの率直な問いに、ルティナがエヘンと胸を張った。

「世のため人のため正義のために戦う、選ばれし神託の御子《みこ》とお考えください。モンスターも悪党も魔王も、こちらの勇者様の手にかかれば一捻《ひとひね》りです」

その割に勇気自身は人が良すぎるのか優しすぎるのか、容易には人に手を上げられぬ様子だったが。具体的な要領は得なかったものの、魔人や精霊さんのようなものかと、ヒマワリは頭の中にカテゴライズした。

次にミサキが、勇気の背中の剣を指して。

「そういう武器というのもこの辺りで売っているものなのか？」

「いえ、これ自体は僕が教団から賜ったもので、お店では売っていないと思いますけど……武器が必要なら、工業区の方へ行ってみてはどうでしょうか」

金属の杖《つえ》を握ったルティナが、勇気の言葉を引き取る。

「何を隠そう私のこのミスリル製のロッドも、そこで勇者様に買っていただいたものなんです！」

勇気は苦笑した。

「チケットは充分に残しておいたつもりだったんですけど、先程になって突然、用意していた以上の利息を言われてしまって……」

結果、あの状況に繋《つな》がったらしい。

「す、すみません勇者様……私としたことが、はしゃいでしまって……」

「気にしないでください、ルティナさんが悪いわけではありませんから」

微笑ましい、とヒマワリは思った。

ルール・オブ・ルーラーに参加してからと言うもの、ギャングだの犯罪組織だの情報機関だの、すれっからした連中ばっかり見ていたせいか勇気とルティナは目に眩《まぶ》しいくらいのペアだった。

④

腹を満たし酒場を出たヒマワリとミサキは、勇気とルティナとは別れ、工業区の方を目指していた。ミスリルがどういうものかわからないし、刀剣類よりは銃火器類の方が良かったし、借りた一万チケットばかりではどうせ大したものも買えないだろうが、他にすることもないのでとりあえず見るだけ見に行こうと東へ歩く。

「さっきの勇者、まだ中学生くらいに見えたが、若い割にしっかりしていたな。勇者だからああなるように教育を受けるのか、それとも元からああだから勇者に選ばれるのか……興味深いな」

ミサキが言うので、ヒマワリは小首を傾げた。

「勇者がどういう仕組みかわかりませんけど、あの子はたぶん元から育ちがいいんだと思いますよ」

「……知っているのか？」

ミサキが意外そうに立ち止まったので、振り返る。

「日本のオイルメジャー、太陽油田の御曹司です」

「それは……いや、いい」

ミサキは何か察したように言葉を引っこめた。

「あの子が末っ子で、あの頃はまだ小学生だったんですよ。もう少し……」

「後になってあの二人に睨まれても面倒だから、もう口にするな。私も気にしない」

「そうですか。そうですね」

太陽油田はザ・マザーアースがターゲットにしていたエネルギー関連企業の一つだ。

歩いていくと街の雰囲気が、お店というより工場や作業場のようなものに占められる割合が増えてきた。コークスや機械油のような匂いもする。

ミサキがパンフレットの地図を広げた。

「ふむ……この辺りはもう、工業区のようだな」

「わかりやすく分けられているんですね」

そんなときだった。

「あっれ？　ヒマワリちゃんじゃね？」

「……氷川《ひかわ》君」

カラードギャング、ブルーブルースカイズのリーダー、氷川だった。ハーフパンツのセットアップに色の薄いサングラスなどかけ、すっかり夏の装いだ。

「……なんというか、ガラが悪いな……」

そんなミサキに、ヒマワリは言った。

「この人が氷川スペシャル丸君です。ギャングのリーダーの」

「ハローこんにちは、あなたの氷川研道《けんどう》です」

「ミサキ・カグヤだ」

ガラが悪いと評しておきながら平然と握手を交わすミサキはさすがだなと思った。

そんな氷川の隣には、ギャングには似つかわしくない、ふんわりとした雰囲気の女性が一緒だった。

「そっちの人は？」

「こちらは青山水姫《あおやまみずき》さん、オイラのパートナー。ね、水姫さん！　僕たち将来的にもパ」

「こんにちは、ひょっとしてあなたが噂《うわさ》のヒマワリちゃん？」

こっちはこっちで、求められたので握手する。

柔らかな手指に、口ぶりも見た目通りおっとりとして、お嬢様然とした感じ。

「桐原士郎君とチームだったんだよね。今は?」

「今は、このミサキとペアになっているので……」

「そうなんだ……」

横を指差したヒマワリを見て、水姫がちょっと残念そうな顔をする。

すると氷川が肩をすくめて。

「だからほら、水姫さんに追っかけなんて似合わねーっすよ。どう考えても水姫さんが追っかけられる立場でしょーが。いやホントにそういう悪い虫が寄って来たら僕がぶち転がして差し上げますけどね」

ヒマワリはどちらへともなく首を傾げた。

「……追っかけてるんですか? 桐原君を?」

「ヒマワリちゃん知らねーの? あのヤロー魔殺商会で執事カフェみてーな格好してカリスマ借金取りなんてやってたんだぜ。もうアイドル気取りよ」

「は?」

ヒマワリは思わず目を白黒させた。カリスマ借金取りという単語の響きもだが。

「……え？　は？　桐原君が？　ですか？」

「あのときは暗くてよくわからなかったんだけど……、あ、それはこっちのことなんだけどね。彼は執事のくせにちょっとやんちゃな感じがするっていう、新しいタイプの何かなの。そして私はちょっぴり目覚めちゃいました」

水姫がバッグから会員証やら盗撮っぽいアングルのブロマイドやらを取り出してみせたので、ミサキと一緒に覗《のぞ》き込む。確かに整ったタキシード姿で白手袋までしていると、馬子にも衣装ではないが、まあそんなように見えなくもない。ヒマワリの見知った普段の姿より、生徒会長としてステージに上がっている雰囲気に近い。生徒集会なんかでは下級生女子なんかが小さな声でキャアキャアと盛り上がったりしていたから、そういう素養があるのは知っていたにせよ。

「チームメイトだったヒマワリちゃんなら、士郎君の弱点とか知らないかなって」

「弱点……って、勝負でもするんですか？」

ヒマワリが目を丸くしたままでいると。

「じゃーん」

水姫が効果音付きで今度は紙切れを取り出した。ミサキが胡乱《うろん》に指差して曰く。

「いや、借用書ではないか」

「そう。最初は覆面のヘンな人たちが取り立てに来るんだけど、それでも返さないような人のところには士郎君が取り立てに来てくれるっていう噂《うわさ》なの」

……。

来てくれる。

というウワサ。

で、書面を見たところ五十万チケットの借金をしたらしい。

五万ドルだ。五百万円だ。ホストにハマったどころではない。

このお嬢様は見た目と違ってなんかすごい駄目な人なんじゃないかとヒマワリは思い始めた。そして、ひょっとしたら先ほどの……。

「……なあヒマワリ。まさかと思うがさっきの太陽勇気が助けたというのは」

「そっそうと決まったわけではありませんよっ」

思わず大きめの声で否定してしまった。

額はともかく、そんなわけのわからん連中の愚かしさを肩代わりしてしまったとは考えたくなかった。

「まあともかく……弱点ですか」

ヒマワリは少し思い返した。そしてふと思い出した。

「お父さんには勝てないようなこと言ってましたよ」

「かわいい！　その情報、共有していい？」

シローくんファンクラブ、なるグループが水姫のスマートフォンの画面に映っている。

「いいと思いますよ。あと、黒き極光って書いてブラックオーロライトって読ませたり、自分より馬鹿だと思ってる人にバカって言われるとものすごく怒りますし、学校では生徒会長をしているんですけど……」

「すごいすごい、ちょっと待ってね。その情報も全部いただきで……」

水姫が情報を書き込むたび、ものすごい勢いのレスポンスで画面がスクロールしていくのが見える。

傍らで、暇を持て余したような氷川がぷかーと煙を吐き出していた。

「氷川と言ったか。お前はその……これでいいのか？　私も世の男の心理というものはよくわからんのだが」

「いーんだよ桐原の野郎はクソ気に入んねえけどよ。まーノコノコ借金に釣られて出てきたらこの俺様が返り討ちってすんぽーよ。カグヤちゃんだっけ？　トシいくつ？　どこ住み？　犬と猫飼うならどっち？　良かったらメッセのＩＤ……」

「おっ、ひまーりちゃんじゃん。またメガネに戻したん？」

「久しぶりじゃねえか。隣のカワイコチャンは誰だい？」

「岩見《いわみ》君、ロディ君……と」

ロディと岩見の後ろにことさらデカイのが二人いた。陽山《ひやま》と軍治《ぐんじ》だ。

「……みんなでどうしたんですか。仲良しにでもなったんですか？」

色の違うギャング同士は後ろから刺されても文句を言えない間柄だったはずだが、陽山が顔をしかめる。

「んなわけねえだろ。利害の一致ってだけだ」

「ヒマワリィイぃッ……！」

血走った目で詰め寄ってきた軍治に、突然胸ぐらを摑《つか》み上げられた。

「てめぇええ！　てめぇが四年前のテロに関わってたって話ぃ、本当かよぉ!?」

「軍治君」

「四年前の俺や生き残った連中がどれだけ苦しんだかわかってんのかぁ!?　事実ならぁ、今ここで俺に殺されても文句を言えねえってことなんだぜぇえええッ!!」

いつもの、薄ら笑いで全てを睥睨《へいげい》するような軍治ではない。怒りと憎しみの籠もった殺意の如き気迫に、周囲のリーダーたちが軍治を押さえにかかる。

「どうなんだよぉぉ!!　おい!!　ヒマワリぃぃ!!　てめぇは本当にぃい……!!」

「そう思うなら聞くより先に殺さなくちゃダメですよ。四年前に軍治君を壊したテロリストはそうだったでしょう」

いつもと変わらぬ瞳で何の感慨もなく事実だけを告げると、小さく息を呑《の》んだ軍治がぱっと手を離した。四年前を目の当たりにしたかのように血が昇っていたはずの顔は青ざめ、憎しみに歪《ゆが》んでいた瞳には怯《おび》えの色が浮かび、あれほど固く握られていたはずの手指が震えている。

「軍がテロリストの拠点を空爆する時は、あなたはテロリストですか、なんてわざわざ聞かないんですよ。それが正しいことだから、標的なんて間違ってても関係ないんです」

「てっ……てめぇぇえ……！」

「そもそも私が自分をテロリストだと認めて土下座でもすれば何か解決するんですか？そんなことをしてもお友達が生き返るわけじゃないって言ってたのは、軍治君だったじゃないですか」

「ヒマワリぃ……、俺はっ……俺はそんなことを言ってるんじゃねぇ……！」

「わかってます。重傷を負わされた軍治君がテロリストを許せないのは当然です。だったら殺してしまえばいいんです。でも、もし違う相手を殺すのは間違ってるとか、可哀想だなんて思えるくらい気が優しいなら、最初っから……」

ぽん、とミサキに肩を叩《たた》かれた。久しぶりに温まった頭でつらつら言いたいことを言っていたら、気付いたときにはおかしな空気になっていた。

冷や汗を浮かべた軍治が、静かに後退《あとずさ》る。

「俺はぁ……、俺はよぉ、そんなことを言ってるんじゃねぇんだよぉ……ヒマワリぃ……！」

「……そうだったみたいですね」

「もういい……てめぇがイカレてるのは、よぉくわかったぜぇ……。クズだゴミだって言われてる俺なんかより、よっぽどな……」

吐き捨てるように踵《きびす》を返した軍治の横で、水姫がおっとり微笑んでいた。

「そう？　私はヒマワリちゃんの言うこと、なんとなくわかるかなぁ……」

その彼女がなんとなく普通じゃないことは、ヒマワリにもよくわかった。

⑤

「ギャング連合ですか」

新ほたるのパーティーではこれまで通りだそうだ。しかしながら大陸系のマフィアや中南米系のカルテル、欧州シンジケートなどの対外的な脅威は、依然高まりつつある。前に宝探しで勝負したのとは別の系列、別のグループの先遣隊などがとっかえひっかえのように出入りしているのだという。よって過去に合同してそれらに立ち向かった経験を元に、それらの動きが活発化するようなときには、ギャング同士が裏で手を取り合う条約を結んだのだという。

ジョイント片手の氷川曰《いわ》く。

「でまぁ話の種によ、どこまでやれるかってんで一応本戦まで来てみたら精霊さんどころじゃねえ、バケモンだか生きもんだかわかんねえのがうようよいやがる。俺以外のこいつらは昨日のうちにソッコー負けて完全にただの思い出参加よ」

岩見がコーラの瓶を投げた。

「うるせーバカてめー一人だけ抜け駆けしてまだこっちで勝負してねーだけじゃねーか」

陽山が鼻を鳴らす。

「俺はもともとこんなところに入り浸るつもりはなかったぜ。お嬢は夏休みの予定があるからさっさと負けろってリーさんに言われてたしな」

ということは陽山……レッドドラゴンズは陽山とウェイの二人で本戦に参加したのだろう。

「ウェイさんもいたんですか？」

「ああ。昨日のうちにリーさんに引きずられて帰ったぜ。お嬢様学校だから、いろいろあるんだとよ」

ロディが肩をすくめて笑う。

「だいたい夏ってのがよくねえ。健全な不良は昼は海で日焼けして、暗くなったらクラブで朝まで遊ぶもんだぜ」

「と、こちらの負け犬どもは自己弁護しておりますが……」

一斉に飛んできたグラスやら灰皿やらを器用にかわして氷川は続ける。

「早い話この街はユルぃんだよ。新ほたる以上にな。殺し以外にご法度がねえからそもそもケーサツがいねーし、つまりは何やったってカネんなる……ってわけで、それぞれのチーム合同で出資してこのモーターショップ、『カラーパレット』を構えたワケよ。出資金は一律二十万チケット、上がった儲《もう》けも等分てことでネ」

約二百万円の、五色で一千万円の店舗だという。自動車二台分のリフトがある整備ガレージに、いま集まっているサロンに、まだ奥の方にも事務所のような部屋が幾つかあるらしい。さすがに新築というわけではなく使い込まれた感はあるにせよ、ミサキがそんな屋内を見回しながら質問した。

「それにしたって随分広いな。ワケあり物件なのか？」

「違うぜぇえ。足りねえ分はその女が出すっつったからよぉ……」

軍治が、半ば忌々しそうな目で水姫を見やる。

「アテにしてみたらなんのことはねぇえ、おかしな連中に借金しやがってよぉお」

あー、とヒマワリとミサキは声を出した。

水姫がおっとりと、胸の前に手を合わせる。

「大丈夫。いざとなったら氷川君が稼いでくれるんだよね？」

「ハァイもちろんですよ水姫さぁっん！」

カッコイイ声で襟を正す氷川に、岩見が言った。

「てめぇあのヘンな戦闘員来ても助けてやらねえからな」

「はっ、ダッセぇテメーらじゃあるまいし誰がそんなヘタ打つかよバーカ」

陽山が指の骨を鳴らした。

「ほう、てめえがそんなに強かったとは意外だな。ちょっと試してやる」

「おうフクロだ」

「ヤキ入れろ、ヤキ」

猛然と逃げ出した氷川を追って、陽山とロディと岩見と、みんなでどこかに行ってしまった。常日頃体に悪そうなものを摂取している割に、みんな足は速そうだった。

「へっ、くだらねえぜぇえ……」

軍治だけが馴《な》れ合《あ》いには付き合わない様子で、ドアの向こうのガレージに移った。

女三人だけになり、水姫が笑う。

「みんなはギャングの運営が大事で、大会はどうでもいいみたい」

「そうみたいですね。青山さんは？」

「水姫でいいよ、ヒマワリちゃん。カグヤちゃんも」

見た限り紅一点だが、なんとかサークルのお姫様というわけでもないのだろう。

マフィア相手でも気後れしないあのリーダー連中が、彼女に対しては距離を置いているように見えた。パートナーだという氷川にしても恋人だとか口説こうという雰囲気ではない様子だし、天下御免の軍治でさえあまり関わり合いになりたくなさそうな目をしていた。

「私も優勝とかはそんなに興味なくてね。でもせっかく大学最後の夏休みだから、フツーの夏休みよりは、他の人とはちょっと違う夏休みがいいかな、って」

水姫が言い終わるか否かのタイミングで、ヒマワリは久しぶりに精霊さんのような気配を感じた。瞬間、ミサキの頭を押さえつけるようにソファから滑り落ちる。

水姫が虚空をなぞらせた指先の延長線上で、壁が、ポップアートの額が切り裂かれ、ガ

ラス窓が、さらにその向こうでは軍治がリフトで上げようとしていたクルマのヘッドランプまで、涼しい水飛沫《みずしぶき》とともに砕けた。間一髪飛び退《との》いた軍治がこちらの部屋に飛び込んでくる。

「何がぁ……!!」

「へぇ。すごい」

床に伏せたヒマワリを見下ろしたまま、おっとりと水姫は嗤《わら》う。

殺すとはこういうことだ。初対面のときの軍治にも似たような雰囲気はあったが、本当に殺せるチカラと意思を持っているのは水姫の方に思える。

押し倒されたままミサキが呟《つぶや》く。

「何が起きた」

「精霊さんです」

銃があればぶっ放しているところだが、今は何もない。丸腰。対して向こうは水は水でも、過去に氷川が使っていた水の精霊さんとは明らかにチカラの使い方が違う。レーザーガンを持っているようなものだ。テーブル一つ挟んだ程度の距離だが、その斬撃より速く距離を詰められるかはわからない。

「今のタイミングで避けちゃうなんて、ヒマワリちゃん、ほんとに普通の女の子じゃないんだね。……実は私もね、四年前にあの島にいた一人なの」

「そうですか」

「そう。このウンディーネがね、テロリストをやっつけてくれたおかげで助かったの。でもその時から私のウンディーネ、こんなふうに真っ赤になっちゃって」

水姫が悠然と語っている間に、身を起こして動ける体勢を作る。

その傍らには血のように重々しく赤い液体が、女のような姿をはっきりと形作っている。ギャングたちが振るう精霊さんでは見たことのない現象。あるいは能力。それとも、精霊さんそのものの姿。

「……怖かったし寒かったし、買ったばかりの靴が汚れてすごく嫌だった。だから私がテロリストを殺そうとするのだって、正しいことだよね？」

「ええ。死体を踏むとか汚いし気持ち悪いですよね」

それを聞いたミサキが眉尻を下げる。

「すごいなお前そういうこと平気で言えるのだな」

「綺麗《きれい》で気持ちいいものじゃないですよ」

ＴＭＥの同志はまだしも、〝組織〟側のヘビーアーマーの連中は五十口径やらグレネードガンやら携行していた。少年兵のマジェストは対物・対装甲用の大型火器も平気で一般人へ向けていた。

水姫がどこにいたかは知らないが、そうした惨状は想像に難くない。

「動いちゃだめだよ、ヒマワリちゃん。首が一番切りやすいの。知ってる？　骨って折るのは簡単だけど、切ろうとするとすごく硬くて難しいんだよ……って、ヒマワリちゃんがテロリストなら知ってるのかな？」

喋《しゃべ》りながら、水姫が陶然と微笑んだ。

言葉通りに受け取るならば魔法でなんでも断てるわけではないということだ。彼女の精霊さんが何かを切断するには、切断するための時間がかかる。言い換えるなら、高出力レーザーのように当たった瞬間蒸発して即死することはない。

「水姫さん」

「なに？　ヒマワリちゃん」

「殺すなら、骨とか関係なく殺せる手段を用意してから実行するべきです。わざわざ首なんて狭い範囲を狙わないと殺せないようなら、そうするべきじゃありません」

「……そう？」

「さっき空爆の話をしましたよね？　安全なところから、骨とか関係なく、ビルやシェルターごと壊せるから空爆なんです。直撃しなくても生き埋めにできれば殺害の可能性はさらに高まります。そういう……」

水姫は嘲弄するように小首を傾げた。

「でも普通の人は戦闘機なんて持ってないよ。そういう人はどうすればいいの？」


キレた。


「殺すなって言ってるんですよッ!!」

ダァン!!　と踏みつけたテーブルが真ん中でへし折れる。

「殺さなきゃいいでしょう!!　一般の人が戦闘機や爆弾を買えないのは!!　殺しちゃダメって、国や、世界で定められているからです!!　わかりますかッ!!?」

目からウロコを落としたように、水姫がポンと手を打った。

「ポンじゃありませんよ！　ポンてなんですか！　常識じゃないですかッ!!　そういう……いいですか！　常識的に！　軍治君もですけど、そういうよくできた世界であなたたちはどうして弱い者いじめをしたり誰かを殺そうなんてできもしない下らないことばっかりかっこつけて無理にやろうとして!!　なんで勉強とか人助けとかそういうみんなのためになることをやろうとしないんですかっ!!　私は……！」

「チッ、なぁにが」

「喝《キエア》ッ!!!」

ヒマワリは舌打ちした軍治の横面に思いっきりゲンコツをぶち込んだ。

それは奇《く》しくも以前、病室で殴ったのとは反対の頰《ほお》だったが、ともかく。

「嫌いです!! あなたたちみたいなのが!! もう! ほんとにっ……! なんなんですかっ!! バカじゃないですか!? 今度私の命を狙ったら、タダじゃおきませんからねッ!! いいですねッ!!?」

殴られた勢いでコンクリートの壁に後頭部をバウンドさせた軍治は昏倒《こんとう》して聞いていなかった。

「えっと……。結局私、ヒマワリちゃんを殺しちゃダメなの……?」

「ダメです! だいたい私は桐原君にキャーキャー言ってるような頭の弱い人に負けたりしません! 負けるわけないじゃないですか!」

むくー、と水姫がほっぺたを膨らませた。

「それは……ちょっと理屈としておかしいよね?」

「おかしくありません! 大学最後の夏休みのくせに卒論とか就職活動とかしていない方がおかしいです!」

敢然と指差し論破してやったヒマワリに、ミサキが言った。

「お前こそ高三ではないのか」

「私は偽装だからいいんです」

むくれたまま水姫が言う。

「卒論なんてもうできてるし、家の仕事を継ぐから就活もしなくていいんだもん」

「とにかく、要するに私は桐原君に一度勝ってますし桐原君より強いんです。頭の回転はいいのに根っこの部分は正義とか正義のために世界を支配する俺カッコイイとか俺強いとか中学生同然だから高が知れています。そんな幼稚な人だということも知らないでノリや雰囲気で追っかけているような軽い人にこの私が」

「じゃあ桐原君が取り立てに来たら、一緒に勝負してもらえる？」

「いいですよ」

ヒマワリの口を塞ごうとして間に合わなかったミサキが、やり場をなくした手の平をひらひらと、宙に彷徨《さまよ》わせていた。

「だから……お前はそう……」

呆れた顔をされて、ヒマワリもようやく冷静さを取り戻したが。

「……いいじゃないですか。どうせ私たちも借金がありますし、踏み倒すならいずれ桐原君たちが来るのも目に見えています。なんだったら同じような人たちに声をかけて、被害者の会として協力するのも悪くないと思います」

「踏み倒す方が……いや、まあいい。そうだな。おかしな成り行きになったが、味方がいるに越したことはないからな」

不承不承ながら納得したらしいミサキが、ヒマワリと水姫を見比べる。

「だが本当にいいのか？　無傷とはいえこの女に殺されかかったのだぞ」

「だから、桐原君をやっつけるまでは大丈夫ですよ。終わったら氷川君ごとさらって監禁しましょう。ゼネフと接触したかどうかもその時締め上げて全部吐かせます。場所はありますし、生かしておくだけなら簡単ですよ」

「……ごめんなさい……ヒマワリちゃんの目が、なんだかすごく怖い……」

ゼネフって何……？　と水姫が頭に疑問を浮かべている間に、ボロ雑巾のように伸された氷川が陽山たちに引きずられて帰ってきた。

⑥

数日後の夜。魔殺商会隔離空間都市支社、という名前だが本社と同じような洋館の一室にて。

「工業区に悪い奴らがいる!!」

ドンドンと、鈴蘭が机を叩《たた》いて力説した。

勤務時間後に呼び出された士郎とアリスは、私服姿で顔を見合わせた。先にアリスが小首を傾げる。

「えっと……この会社も悪の組織だったような……」

「そうだけど実はちょっと憎めないいい気のいい仲間たちの集まりというのは、アリスちゃんにももう理解してもらえてるよね？」

「ええ……はい、それはまあ……皆さんいい人たちですけど」

士郎は肩をすくめた。

「おかしな格好したりおかしな事を言ったりおかしな仕事をしていなければな」

それじゃあ全部だよ士郎君と鈴蘭に言われたような気がしたが、士郎は聞く耳持たずに続けた。

「工業区ということは、例のエリーゼ興業か？　俺は構わないが」

マッケンリー・タワーではまさに秒殺とも呼べる負け方をしてしまったが、優勝するならばいずれは乗り越えねばならぬ壁となろう。士郎としては望むところであった。

「いや、エリーゼちゃんじゃなくてギャングの子たち」

鈴蘭の言葉にアリスが目を丸くする。

「カラードギャングが？　ですか？」

「そう、自動車関係はうちの専売特許なのに勝手に自動車改造のお店を始めたり、いかがわしい薬はうちの専売特許なのになんか怪しいビタミン剤みたいなのを売り始めたり、挙句の果てには魔殺商会被害者の会とか言って、キリトリに行ったうちの兵隊が病院送りになって帰ってきた！　これはもう戦争をふっかけられていると言っても過言ではない！」

どん！　と鈴蘭が再び机を叩くと、ティーカップがソーサーの上でカチャリと跳ねた。

やれやれという気持ちで士郎は肩をすくめる。

「どうせまた覆面社員がチンピラ風の無茶な取り立て方をしようとしたんだろう。連中なら反発して当然だ。相手は何色の奴らだ？　クスリを扱ってるなら氷川か軍治辺りだろうが……」

「色はよく知らないけど、えーと確か入れ墨だらけのと、ドレッドヘアーと、伊達《だて》メガネのお洒落《しゃれ》小僧みたいのと、ことさら大きいのが二人……マスクとモヒカンがいたって」

だいたい思い当たり、士郎は驚いた。

「……ちょっと待て。まさか連中、ギャング同士で同盟でも結んだのか？」

特徴一つ一つならヒラのギャングにも当てはまるのもいるだろうが、ことさら大きくてモヒカンというと当てはまるのは軍治しかいない。となればあの軍治と一緒にいられるようなマスクやお洒落小僧や入れ墨やドレッドヘアーも自《おの》ずと絞られる。

同じリーダー格ということだ。

「うぇっ……？　なんでそんなことに……？」

信じられないように驚いたアリスに、士郎は嘆息した。

「まぁ、一つはさっき総帥が言ったように金儲《もう》けのためだろうな。この都市は新ほたる以上に弱肉強食の自由な気風《きふう》だ。それと、大陸系マフィアのような流入犯罪組織に対する危険をまともに認識できるようになったってところか。あのとき俺が言ったことを、ようやく連中のアタマでも理解できるようになったわけだ」

「ていうか日向先輩が何度かみんなをまとめたおかげで、そういうふうに協力し合う取っ掛かりが……ああ、もちろん桐原君のそういうプランがあったからだとは思いますけど」

「……無理に取り繕う必要はない」

士郎は小さく鼻を鳴らした。

実際、あれだけそうそうたる跳ねっ返り共が一処に顔を合わせることはそれまでにないことだった。それがなされたのは、ひとえにヒマワリの妙なカリスマ性があってのことだ。

逸れた話を鈴蘭がまとめる。

「とにかく精霊のチカラを使われるとヒラの取り立てじゃ治療費でアシが出るから、次の小大会ではエキスパートの士郎君に当たってもらう。そして士郎君が悪いギャングをやっつけてファンの子たち大喜び。いいね？」

「いいねじゃない。殴り合いのただのケンカになるだけだぞ。もちろん勝つのは俺だが」

「うんうん。勝てばいいよ。上っ面だけじゃなくて、時には本気になっちゃう等身大なところも見せていこう」

だめだこりゃ。士郎は片手で顔を覆った。

最初は遊び半分のようなことを言っていた鈴蘭だったが、思った以上にプロデューサー業が楽しくなってきたらしい。

士郎とアリスは、話半分に相手をしてやってから部屋を出た。

「いやでも、結構ありかもしれませんよ桐原君。アイドルってヘタな政治家なんかよりよっぽど影響力あるじゃないですか」

「若年層相手であれば……まあ、実際にそういう部分はあるのがな……」

鈴蘭の申し出を無下には断れない理由の一つだった。

人気だけで直接世の中を動かせるか、というと、さほど甘くないのは父を見ているのでよく知っている。だがいざ選挙に打って出るとなった場合、七光りなだけのポッと出よりは、先んじて知名度があった方が遥《はる》かに有利であることも、父を見ていてよくわかる。せっかくの機会なのだから、やれるところまではやってみてもいいのではないか、という気さえしてくるから困るのだ。

「桐原君は今日の夕飯どうしますか？」

「しばらくは毎日ここの食堂だったからな……たまには街の方にどんな店があるか見に行くか？」

「いいですね！　あ、でもそしたら桐原君はアイドルなんですから、帽子とかサングラスとか用意しないと……」

鈴蘭がプロデューサーなら、アリスはアリスですっかりマネージャー気分になっており、士郎は小さく溜息《ためいき》をついた。

◆

士郎たち二人と入れ替わるように、社長の伊織貴瀬《いおりたかせ》は鈴蘭の部屋を訪れた。

「バイトの二人、川村《かわむら》ヒデオほどではないが、なかなか稼いでいるようではないか」

「わかりませんよ。ヒデオ君はヒデオ君でしたけど、士郎君だってこの名護屋河Pの手にかかれば……」

貴瀬は特に相手にせず、机の上の企画書を手にする。

「工業区に居座ったギャングの連中を叩くと言ったが、これか？ 首尾はどうだ」

「大丈夫ですよ、滞りなく。もう告知も始めましたし、いろんな問題が一気に片付くいい機会になりそうです」

貴瀬は書類をめくっていく。

「……なるほど。新ほたるのクソガキ共を共通敵にして、こちらの結束を図るわけか」

敵は『カラーパレット』なる少年ギャング連合。今ではそれが魔殺商会に借金などしている周辺参加者を誘って、魔殺商会被害者の会なる荒唐無稽な集まりを形成しつつある。

なのでこちらはそれを逆手に取って、借金のチャラを賞品にした小大会を開催する。となれば向こうは多少不利でも勝負に乗らざるを得なくなり、結果、当然のように胴元であり主導権があるこちらが勝つ。

そして勝負を通じてお互いの理解を深めることは、そのまま仲を深めることに繋《つな》がっていく。

「今はただの債務者と債権者の関係かもしれません……でも、殴り合ったらマブダチなんです！」

「そのセリフを桐原士郎に言ってみろ。身も蓋もない言葉で反論してくるぞ」

うぅ、と鈴蘭は呻《うめ》いたが、めげなかった。

「だとしても、そうでもしないと遥かに巨大なマッケンリーグループと〝組織〟には太刀打ちできませんよ。向こうに比べたらうちの資金繰りなんて微々たるものなんですから。でも、人の輪は全てを凌駕《りょうが》します。私たちはいつでもそうやって勝ってきました。関東機関、神殿教団、前の大会で知り合ったエリーゼちゃんやアーチェスさん、ヒデオ君たちだってそうです。だから、今回もそのやり方で行きます！」

貴瀬はそのとき、書類にある名前を見付けた。

「……そうか、向こうには例のヒマワリもいるわけか。士郎が言っていた未来人とかいう話はどうなのだろうな。四年前のテロリストという話も」

「ヒデオ君は気が優しいから解放しちゃったんでしょうけど、それだってうちのメイドにしちゃえばどうとでもなります。仲良くなれば私たちもヒマワリちゃんの言葉を信じられるようになるし、ヒマワリちゃんももっと色んな話をしてくれるようになりますよ。士郎君とアリスちゃんの因縁にも、何らかの決着が付くはずです」

貴瀬は一通り目を通し終えた企画書を、机の上に投げて戻した。

「そうか。まあ会長の貴様がそう言うなら、それでいいのだろう。俺はそんなにうまくいくとは思わんがな」

全権代行。

魔人やアウターではないというのなら、数千人を葬るというのは並大抵の執念でできることではない。イカレているだけの人間なはずがない。言って殴って変わる程度の心であれば、行う前に誰かが止めることができたのでは、と。

「もちろん。ちょっとくらい波乱がないと面白くありませんよ。それはそれ、悪の組織としては望むところです」

と、鈴蘭は不敵に笑う。

それで振り回される方のことも考えられるようになれば立派に人の上に立つ器なのだがなぁ……と貴瀬はいつものように思ったが、子供のように目を輝かせながら計画を練る鈴蘭はまだまだその器ではなさそうなので、その場で口にすることはなかった。

⑦

そして深夜。その日の分の課題と、受験へ向けた勉強を終えた士郎が、ベッドに入ろうと明かりを消したときだった。

「おいお前が桐原士郎ダな？」

窓に、足音もなく月を背にした女のシルエットが浮かぶ。

ここは館の三階だ。ベランダがあるわけでもない。そもそも一通りの防犯装置もあるはずだが、館内が騒がしくなるような気配もない。だが何でもあり、何でもいるような異世界都市だ。それ自体で驚くようなこともなく、士郎は。

「なんだ？　追っかけか？　俺はサインも握手もしていないんだが」

「ほんとに自信過剰なやつダな……。そうじゃない、私はゼネフ様の使いで来たのダ」

「ゼネフ？」

眉根を寄せるが、すぐに思い出した。少し前に、ヒマワリとミサキが口にしていたナニモノカの名前。

士郎は水差しからコップ一杯の水を注ぐ。

「……そいつは一体何者だ。答えないならケンカ以外の相手をするつもりはないぞ」

「ヒマワリを殺すのダ、桐原士郎」

笑った。

「はっ、寝込みを襲うような時間に来るわけだな。だが殺したいときは俺が自分の意志で殺す。それは誰かに言われてするようなことじゃない。で、なんだ？　断ったら俺を殺すとでも言いたいのか」

「そんな野蛮は真似はしないのダ」

カクン、と女が首を傾げた。

「お前のママの容態が悪化するぞ」

「っ……」

飲み干したコップをその場に取り落とした。

「……つまらねぇ冗談を抜かしてると殺すぞ」

「これは命令ではなくゼネフ様からの取引ダ、桐原士郎。全権代行を殺す勇気や度胸や根性がないなら、二、三日意識不明に陥らせるダけでも良い。成功した暁にはお前のママは月イチの病院通いで済むくらい容態が回復し、必然的にパパはマッケンリーの呪縛から解放されることになるダろう。ダが失敗すれば……お前のママは二度とニンゲンらしい生活ができなくなるくらい容態が悪化する」

「てめぇ……！」

母が長期にわたって療養のための入院をし、それが理由で父が傀儡《かいらい》として担がれていることを知る者は多くはない。それは企業部会側が秘めた闇であり、少なくとも当てずっぽうに言い当てられるほど簡単な事情ではないのだ。ゼネフとやらがそれなりの情報網を持つ、相応の地位の持ち主であることだけは察せられた。

「もちろん、優しいお前のママはお前に人殺しなんてして欲しいとは思わないダろうな。ダがその息子であるお前に、果たしてそんな優しいママを殺すような真似ができるかな？おっと、言い方を間違えたのダ」

わざとらしく自分の口を塞ぐ仕草。

「ヒマワリを殺したらママが助かるのではなく、ママを救うためにヒマワリと戦って欲しいのダ。おお、こっちの方がヒトの心が動かされそうなのダな。まあそういうことダ。五千人を殺したテロリストがのうのうと生き延びているのに、何の罪もないお前のママが苦しむ理由がどこにあるのダ。トモダチの仇《かたき》も取れない、パパとママも救えないなら、お前は何のために戦っているのダ？　罰すべきを罰し、救うべきを救うのが、ヒトとして正しいことではないか？」

こいつの言葉は正しい。どうしようもなく正しい。士郎自身の信じる哲学からも外れてはいない。

確かにヒマワリが四年前の全権代行だという証拠はないだろう。

だがあいつ自身が認めている。

法では裁けないだけだ。裁けないだけで、罰することは……。

(……)

罰することは、できる。

それは恨みを持つ者。憎しみを持つ者。そして、何より、その力を持つ者にしか行えないことだ。

この時代の人間が憎いと言ったヒマワリ自身が、そのために虐殺したように。

と、そこまで考えて失笑した。そもそもの前提として。

「……お袋の病気を治せるって証拠はあるのか」

「ない」

「だろうな。人をおちょくるのも大概にしろよ」

現代医学では不可能と匙《さじ》を投げられてから何年も過ぎた。ヨーロッパにある製薬会社が開発中の薬の、その臨床試験に協力する形で生き存《ながら》えているような状態だ。

その容態が回復すること自体が奇跡的だろうし、よしんば。

「それができるからといって誰かを殺すなんて、取引と呼ぶにはあまりにお粗末だな。馬鹿馬鹿しい」

電話が鳴った。サイドテーブルに置いた自分の携帯だ。

「……」
「私のことは気にせず出るといいのダ」
女の意味深長な笑顔を訝《いぶか》しむ。
着信の表示は父からになっている。一応、ルール・オブ・ルーラーの本戦に進んで魔殺商会の世話になっていることも伝えてあるのだが。
《士郎か!?》
「なんだ親父、いま……」
《士郎！　ははは！　いいか、落ち着いて聞くんだぞ！》
「あんたが落ち着け、なに年甲斐《としがい》もなくはしゃいでるんだ」
《いま母さんのいる施設から連絡があってな！　容態が回復傾向にあるらしい！　この調子でいけば、半年以内には外出もできるようになるそうだ……！》
……。
「……マジ……かよ……」
《どうした士郎、もっと喜べ！　母さんが家に帰ってくるんだぞ！　と言ってもかれこれもう五年以上だ、突然のことで実感が湧かないか!?　ははは……！》
「お、おう……。そうだな。ああ、もちろんだ。嬉《うれ》しいさ。良かったな親父」

五年だ。

回復の見込みはない。投薬によって命を繋いでいくしかない、と言われてから五年。

それが。このタイミングで。

《また何かわかったらすぐに連絡するが、お前も体にだけは気を付けるんだぞ！　お前が私や母さんのために戦っていることはわかっているつもりだ……だが、くれぐれも無茶はするな！　いいな!?》

「……へっ、うるせえよ。そんなんじゃねえよ。体だけは誰かさんに死ぬほど鍛えられてるからな。余計な心配する必要はねえよ」

《そうか！　そうだったな、はっははは……！》

賑やかで大きな笑い声を最後に、通話は終わった。

「……」

あんなに嬉しそうな父の笑い声を聞いたのは本当に久しぶりだった。まだマイク桐原と呼ばれていた頃の、何も恐れる物のなかった全盛期の、尊敬すべき父親だった頃のそれだった。

目の前の女は、首を傾げたまま、ギザギザの歯を見せるように嗤《わら》っている。

「大きな声のパパなのダ。嬉しそうで良かったのダな？」

素直にそう思う。

同時に、これがぬか喜びだと知ったらどれだけ悲しむだろうかとも思う。

世界を支配するため。己の思うような世界にするため。そのために支配者になると。それは事実だ。だがその発端は……市長として使われる父の姿に、不条理を感じたからだ。間違っていると思ったからだ。仲間の弔いの意味もあるが、もう帰って来ない彼らと違い、母はまだ生きている。父は、その母のために台本を読むだけのような議会に立っている。

「……お前は……ゼネフって奴は、どうして日向の命を狙う」

「それが地球を救うためダからダ」

「地球か……あいつらは、人類のためとか言ってたがな」

「あの二人が繰り返そうとしているのは人類も地球も滅びた過ちの歴史ダ。証明はできないが、地球を失うような人類を繰り返させる訳にはいかないのダ。わかれ」

返事を躊躇《ちゅうちょ》するための時間稼ぎにもならない、下らない質問だったと思い直す。

こいつらの目的などどうでもいい。もう自分の心は決まっていた。

母の容態を変化させられるということは、当然、そのまま殺すことだってできるのだろう。そうでなければ最初から交渉材料に母のことなど持ち出しては来まい。その時点で自分に選択の余地など残されてはいないのだ。

「……」

士郎は、肺の中の全てを振り絞るように深く、長く、溜息《ためいき》を吐いた。

それが、覚悟を定めるまでの時間だった。

やさぐれて全てに牙を向いていたあの頃のように眼光を灯す。

「……日向葵《ヒマワリ》だな」

女は、カクンと首をまっすぐにして、噛ったまま頷《うなず》いた。

「ママはきっと良くなるのダ……！」

第四話
聖魔山トライアルチャレンジ

①

曇天のセンター前広場に設営されたステージ上で、カッコちゃんが拳を突き上げる。

《さあ聖魔山頂上に辿《たど》り着《つ》き見事借金を踏み倒すのは誰だ⁉　第二回聖魔杯、ルール・オーブ・ルーラー本戦初の大規模小大会！　魔殺商会グループプレゼンツ、その名も『聖魔山トライアルチャレンジ』が、はぁじまるぞ野郎どもーッ‼》

おおー！

がんばるぞー！

カッコちゃーん！

《ではではもう間もなく、午前十時からスタート！　ルールは簡単、日没までに聖魔山頂上のゴールに辿り着き借用書を手に入れろ！　クルマ！　飛行生物！　転移魔法！　足の引っ張り合いまで、なんでもあり！　途中で魔殺商会が設置した障害物やお邪魔があるけど、そこは負けると聖魔杯自体失格になるから負けないようにね？　まーうちの会社のこ

とだからマジで情け容赦ないと思うけど、頑張れ！　ン万ン十万を一日で稼ぐと思えば、安い安い!!》

冗談めかしたカッコちゃんの言葉に、軽い笑いなども起き、和やかな雰囲気。

集まりに集まったり五百人ほどか。漏れ聞こえる話から察するに、金額は問題ないが勝利ポイントを得たい者、借金はしていないが依頼として借用書の回収を請け負った者なども混ざっている様子。

そんな集団の後ろの方に、小型のリュックを担いだヒマワリとミサキは位置していた。

都市の北側、自然区に広がるなだらかな山の頂に借用書が設置される。そこに到達し債権者側の借用書を手にすれば、借金は帳消しになる。だがそれができなかった参加者は敗北となり、勝ち抜けた者の分まで負債を抱えることになる。

債務者に与えられた道は三つ。この小大会には参加せず、地道に借金を返済していくか。小大会で勝って借金を帳消しにするか。負けて、より多くの借金を背負うか。

となれば、誰もが自分は負け犬ではない、そこまで弱いはずがないと奮起し、そうでなくともダメ元で参加を選ぶに決まっていた。そうして自然と人が集まるような体裁になっていながら、向こうには不利益が生じない。

一見楽しげなイベントに見えるが、やっていることは弱者の中からさらなる弱者を選《え》り分《わ》けるだけのゲームにすぎない。

（よくしたものですね）

結局、被害者の会などどこ吹く風の空中分解。そもそも借金など作っている時点で要領が良くはないわけで、今はにこやかだが、いざ始まれば手の平返して各ペアごとの個人プレーに終始するだろうことは想像に難くない。

「へっへっへっ……、まあ今日は一つよろしく頼むぜヒマワリちゃん」

下卑た笑みを浮かべながら寄ってきた氷川《ひかわ》に、ヒマワリは肩を落とした。

「氷川君こそ、一応協力する約束ということを忘れないで下さいね。水姫《みずき》さんも」

先日と変わらぬ穏やかな様相で水姫は頷《うなず》く。

「もちろん！　ヒマワリちゃんこそ、士郎《しろう》くんが現れたら教えてね」

たおやかにスマホを振って去っていく水姫。その後ろにヒモのようについていくスペシャル丸。

ミサキが率直な様子で言った。

「……正直、私たちは桐原《きりはら》士郎とぶつかるべきではないだろうな。お前があいつの弱点を知っているように、向こうだってお前のことを知っているわけだろう」

「私は負けませんよ」

「パートナーの木島《きじま》アリスの方も問題ないのか？」

「それは……」

ちょっと複雑な気持ちだった。士郎ほどきっぱりとは割り切れない。

本当によく慕ってくれていた、可愛《かわい》い後輩だ。

「……君たちも。参加、するのか」

なんだか目付きの悪い人に話しかけられたミサキが、意外そうに目を丸めた。

「川村《かわむら》ヒデオ……お前も参加するのか？　借金とは縁遠い、もっと堅実でカタブツな人間だと思っていたのだが」

ヒデオの横に浮遊している少女がやんちゃそうに笑う。

「にはは。まったくもってこのマスターはミサキの言う通りなのですが、それについてはちょっとした事情があるのですよー……」

参加者たちは、マラソン大会のようなゲートが設《しつら》えられたスタートライン付近に集まっている。クルマを用意している者もいる。氷川のようにバイクに跨《またが》っている者、自転車に跨っている者、ホウキに跨っている者までいる。ルートは決められていないからそのゲートをくぐらなければならないという規則はないにせよ、この広場から自然区へ向かうならそこから幹線道路へ出るのが最短ルートだ。特に車両は、スピードは出るが妨害されれば脆《もろ》い。パンク一つで走れなくなったりすることを考えれば、道を塞がれたりする前に、いかに早くこの広場を脱するかがその後を決める鍵となるだろう。

ヒマワリとミサキは、いかなる事態にも最も融通の利く徒歩で行くことに決めていた。この小大会で重要なのは、スピードではなく完走することだからだ。それに自動車で高速走行中にゼネフから狙撃でもされたら、あまりにリスクが大きい。

見れば、目付きの悪い男もそういった乗り物は用意していない様子だった。どこかに用意しているのかもしれないが……。

「あなたもそろそろ前の方へ行ったらどうですか」

ヒマワリは促したが、ヒデオは首を横に振る。

「否……魔殺商会の、人たちは。気分屋なところがある。元気のある序盤よりは……、できれば。飽きて、集中力の落ちてくる終盤。そこに勝負をかける方が、得策だと思う」

「奇遇だな。私たちも後半の方が敵の疲労が蓄積し、隙が生まれるだろうとの判断でこの辺りにいたのだ」

ミサキが肩をすくめる。

理由の違いはあれど、こちらの方針と大差ないようだった。

(……ふん……)

ヒマワリはそんな心持ちを表には出さず、横を向いた。
川村ヒデオ。私の心を四年間、牢獄《ろうごく》に閉じ込めた呪縛。
手遅れだという。人類が助かる未来などないのだという。ふざけるな。殺せば良かった。
四年前のあの夜、なぜそうしなかったのか。本当に。今なお、それだけが心残りだ。ああ、
未だに囚われ続けている。今さら殺しても後悔は取り返せない。だから呪いなのだ。いつ
までも。いついつまでも。
（私は……）

《行くぞー！　5！　4！　3！　2！　1！》
片耳を塞いだカッコちゃんが空へ向けてピストルを撃ち鳴らす。
《スタートぉッ——!!》

どかぁん!!

スタートラインのど真ん中で青白い爆発が起きた。

そして次々爆《は》ぜる、クルマ、クルマ、クルマ……。

②

阿鼻叫喚《あびきようかん》のようになっているスタート地点を笑いながら、ステージに若い女のメイドが飛び乗った。

《あはははははっ！　だいじょうぶ!?　大丈夫じゃないよね!?　でも事故ではありません！　こんにちは、みなさんの魔殺商会です！　さあ野郎ども狩りの時間だぁッ——!!》

名護屋河鈴蘭《なごやかわすずらん》の号令一下、魔殺商会の覆面軍団が奇声を上げて何かの戦闘員が如く、どこからともなく大挙押し寄せてくる。

鈴蘭がマイクを持った手の小指を立てて笑う。

《金利が不当で借金を返しきれない？　ご安心ください！　我が社が責任を持って全額払わせます!!　ていうか借りたものは返せ！　人としての最低限のマナーを忘れるような不《ふ》埒者《らちもの》にかける情けはないぞ!!　やれッ!!　やってしまえッ!!　世の中のルールを教え込むんだッ!!》

「うひょーッ!!　総帥直々のご命令だあーッ!!」

「こういうときはさすがだな!!　さすが俺たちの総帥だッ!!」

「おらおら悪の組織のお通りだ!!　大人しく縛につけぇい!!」

先制攻撃で倒れ傷付いた参加者らが、あれよあれよという間に蹴る殴る等の暴行と共に捕縛されていく。破損した車両で道が塞がり出られぬクルマ。

ウィル子はヒデオを引きずり、涙を浮かべながら渇いた笑い声を漏らしていた。

「はは、ははは……！　なんか実はいい人たち、と見せかけて本当にこういう会社だということをウィル子はとんと忘れていたのですよー……！　ますたー!!　起きるのです、ますたー……!!」

そこでヒデオは、はたと我に返った。

「レース、は……」

「ご覧の有様なのですよ！　とにかく今は、この場を離れるのが先決かと……！」

ヒデオは、急ぎ自分の足で走り出した。

レース形式。魔殺商会が主催、かつその主催自ら車両を貸し出している時点で怪しいと思ったのだ。そしたら案の定これだ。前回大会のこともあったが、一台残らず爆発したようだ。

（だが）

今回のトライアルチャレンジは速さではなく、山頂への到達、すなわち完走を競うものだ。故に集団後方に位置していたことが功を奏した。最初の爆心地から離れていた分、ダメージが少なかった。ショック弾頭同様の青白い爆炎、魔導性の爆発だったから死傷者はいないのだろうが、思っていたよりも情け容赦のない勝負となりそうだった。

恐慌状態に陥った広場を、漠然と人の流れを目で追い、なるべく集団から離れぬようについて行く。ジャッジに不平を訴えようとした者は、足を止めた瞬間覆面に捕まり引き倒されている。

（……哀《かな》しいが。あまりに、甘い）

始まる前ならばまだしも、勝負が始まってしまった以上は勝つしかない。

それがこの小大会以前の、聖魔杯自体のルールだ。

動かなくなった車両から脱出した者を覆面たちが徒歩で、メイドらがマシンガンやミサイルランチャーを架装したピックアップトラックで追い回す。

「いた!!　裏切り者の川村ヒデオがいたぞ!!　引っ捕らえて有給を手に入れろ!!」

「そっちに逃げたぞ!!　回り込め!!」

「航空班に連絡だ!!　ヘリとドローンを回せ!!」

「ええい死んでも構わん、我々は参加者ではない!! ドクターのラボで生き返らせれば済む話だ!!」

（……。）

「なッ、なんかとんでもないことになっているのですよますたあああああッ!?」

わかっている。

ヒデオは走った。この都市で最も遮蔽物《しゃへいぶつ》の多い、商業区の方面へ向けてひた走った。

「やはり魔殺商会を敵に回したのは早計だったのえd亜h!? 今からでも総帥に土下座して許してもらう方が良いのではくぁwせdrftgyふじこ!?」

ウィル子の言語中枢みたいな部分が炸裂《さくれつ》するのを久しぶりに聞いた。それを懐かしむ間もなく、すぐ背後で何かドッカンドッカンいっているのが聞こえるし、すぐ横や目の前の逃げ道を塞ぐように覆面連中が追ってくるのが見える。

とにかく、商業区に辿《たど》り着《つ》いたヒデオはビルの入り組んだ路地裏を駆け巡る。敵は乗り物と重火器も使用しているため、広い場所にはどうあっても出られないが、こちらとて二回目の大会だ。そしてこの辺りは他でもない、自分自身が借金取りとして歩き回った区画でもある。

多少の土地勘と、これまでの五年間で多少は培われた体力を振り絞って逃げ回る。

と、行く手に先ほど会った二人組の少女を見付けた。癖のないロングヘアとふわっとしたショートヘア。その二人の行く手を遮るように軽機関銃を載せたテクニカルが急停車し、道を塞ぐ。

「こっちだっ」

声をかけてヒデオは路地を折れた。すぐに気付いたミサキとヒマワリがウィル子の後についてくる。

そしてヒデオが向かった先に。

「こっちですっ、ヒデオ君……！」

長髪に眼鏡の知的な紳士が手を振っているのが見えた。

商業区の顔役。物産店マルホランドの社長、アーチェスに招かれるまま、ヒデオはわずかに開いた小型デパートの搬入口に滑り込んだ。ウィル子、ミサキ、ヒマワリがそれに続くと、すぐにシャッターが下ろされた。

「……助かり、ました。アーチェスさん」

「危機一髪だったのですよーっ……！」

「いえいえ、こちらがお願いしていることに比べたらお安いご用です。私も中継を見ていましたが、いつぞやの聖魔グランプリのスタートを思い出しましたよ。鈴蘭様は相変わらずですねぇ」

アーチェスが苦笑する。

鈴蘭については相変わらずが過ぎるというか、年頃を考えればもう少し落ち着いてもらってもいいように思うのだが、そういうことはヒデオは口にしなかった。

「……ところでこの女の子たちは？　ヒデオ君のコレですか？　コレですね？　いやー少し見ない間に隅に置けなくなりましたねぇヒデオ君も……」

小指を立てるアーチェスに、先にミサキが答えた。

「私たちはこの大会以前からの知り合いだ」

「知り合いと言っても、目付きが悪いことくらいしか私は知りませんけど」

ヒマワリからの当たりは非常に強い。しかも助けた助けないにかかわらず、ぶれない。

アーチェスもそんなヒマワリのシリアスな声のトーンに、あ、はい、と小指を引っ込めた。

「私は前の大会の時からこのデパートで商売をさせてもらっています、アーチェスと言います。ヒデオ君とはそのときからのお付き合いです」

もう息を整えたミサキが尋ねた。

「商業区は魔殺商会の傘下ではないのか？　私たちを匿うような真似をして大丈夫なの

か？」

「確かにこの一帯は魔殺商会に支配されているも同然ですが、だからといって誰しもが心から服従しているわけではありません。ヒデオ君には、この店が受けている融資……正確には押し付けられている魔殺商会からの債務を解消するために、今回の小大会に参加してもらっているんです」

　ヒデオ自身は魔殺商会に借金をしてはいない。それはあまりに恐ろしすぎるため、前大会から魔殺商会に虐げられ、いいように使われているアーチェスの不当な契約を肩代わりしての参加だった。

　うまくいけばアーチェスは、同じように虐げられてきた小規模店グループの反抗の旗頭となり、ヒデオはその見返りとして、それら商業組合からの全面的なバックアップを受けられるという寸法だ。結果としてそれは魔殺商会、ひいては今大会最有力候補の呼び声高い、鈴蘭の戦力を削ぐことにも繋《つな》がるはずだ。

「うまくいけばの話なのですよー……向こうはこっちが想像していた以上に本気です」

　ウィル子は先ほどの敵の威勢に、すっかり肝を冷やした様子。

　シャッターの外に大勢の足音が聞こえてくる。

「……いたか⁉」

「こっちにはいない！」

「チッ、まさかゴールとは反対方向の商業区へ逃げ込むとは……」

「ダテに元社員というわけではなさそうだ」

「ああ、ウィル子ちゃんはうちの他の女どもと違って素直で可愛《かわい》かったな」

「知らないのか？　今の川村ヒデオは、ウィル子ちゃんの他にも二人の精霊を従えているらしいぞ。黒くてゴスロリな幼女と銀髪のおねーさんと」

「なんだと!!」

「許せん!!」

「死ね!!」

「くそっ、この路地に逃げ込んだのは間違いない……赤外線ライトと動体センサーだ！　それからガスも何種類か用意しておけ！　マンホールから下水道を炙《あぶ》り出《だ》す！」

「「応!!」」

　足音は賑やかに去っていったが、何だか微妙な空気を察したヒデオはミサキとヒマワリの方を振り返れなくなってしまった。知っているらしいミサキが言う。

「銀髪の方はマックルイエーガーだな。黒くてゴスロリなのはノアレだろう」

「なんですか。目付き悪い上にロリコンなんですかこの人」

素っ気なくヒマワリが言うので、いよいよウィル子が噛《か》み付《つ》いた。

「何なのですかさっきから、助けてもらったくせに！　マスターが目付きが悪くてロリコンだというのなら、あなたはそんなマスターに捕まった情けないテロリストではないのですか！」

「私はその人に捕まった情けないテロリストでいいですけど、その人は目付きの悪いロリコンで、あなたはそんなロリコンをマスターと仰ぐ精霊さんでいいんですか」

はうっ、とショックを受けたウィル子は、そのまま何も言い返せなくなってしまった。

代わりに、呆れた様子でミサキが言う。

「だから、その煽《あお》りを真っ向から買い叩《たた》いていくスタイルをやめろ」

「でも、先にケンカを売ってきたのは……」

気まずくなってきた雰囲気に、アーチェスが場を取りなす。

「まあまあ、みなさん。先ほどの様子からすると、いつこの店内にも捜索の手が及ぶかわかりません。これからどうするつもりですか？　この様子だと事前の計画のようには行かないと思いますが……私にできることがあれば何でも協力させてもらいますよ」

「そ、そうです、今の敵は魔殺商会なのですよー！　こんなところでつまらない諍《いさか》いをしている場合ではありません！　ますたー、何か！　久しぶりのいつもの機転で何か安全に勝てる策を！」

そうは言われても安全に何かに勝てた記憶がとんとない。いつもギリギリだったような気がしてならないが、勝たなければ話にならないのは差し迫った事実。

このデパートに逃げ込むのは織り込み済みだった。当初はここで事前に用意しておいた車両に乗り換え、自然区を目指す予定だった……が、この有様ではクルマを動かした途端に取り囲まれてしまうだろう。

「機を見て。工業区の方から、自然区へ向かおう。工業区は、エリーゼ興業のテリトリーだ。魔殺商会も、おいそれとは追って来ることはできない」

自然区は北。西は居住区で、東は工業区。今いる商業区は南だ。東の方から北上するルートを選ぶということだ。

「君たちは。どうする」

ヒデオが尋ねると、ミサキが頷《うなず》いた。

「私たちはお前のように当てや土地勘がないからな。同行させてもらえるならありがたいのだが」

すかさずヒマワリが異を唱えた。

「待ってくださいミサキ。この人たちと一緒にいると、私たちも余計なリスクを負うことになります。敵が捜しているのは、この人なんですよ」

それについてはヒデオからは否定できない。なぜだか知らないが、魔殺商会の目の色は普通ではない。

〝なぜも何も、閣下に第三勢力のリーダーになられたりしたら困るからでしょ〟

と、姿を見せぬ黒いゴスロリの方が言う。続けて、

〝ヒデオが鈴蘭を優勝候補として警戒するのと同じように、鈴蘭はヒデオを一番警戒しているのね〟

と、姿を見せぬ銀髪のおねーさんが言う。

その二人の声が聞こえているわけではないだろうが、ミサキがヒマワリへ告げた。

「前の大会のことはよく知らんが、この都市でのヒデオの評価は高い。魔殺商会がそれだけ重要視していることからも、大きな影響力を持つ人物であることは確かだ。ならばいたずらに敵対するよりは友好的に付き合うべきだし、何より」

「何ですか」

「私たちは今さっき、ヒデオに助けてもらった。お前は恩や義理人情なんて感じないかもしれないが……」

「感じないわけではありませんよ」

「なら返しておいた方が得策だ」

「ミサキ」

言い返そうとしたヒマワリの眉間に、ミサキが指を突き付けた。

「ゼネフを殺すまでは有利に立ち振る舞え。お前は無表情なだけで、あまりに感情的すぎる。何か勘違いしているようだが、私たちに必要なのはイデオロギーではなく柔軟な合理性だ。お前の私情など我々が救うべき未来に生きる、誰一人にも関係のない話だ」

「……」

「目的を見失うな。感情を抑えて直感を研ぎ澄ませ。できないなら私に従え。理性を失った愚か者が踊らされて死ぬのだ。私はお前に、誰かに笑われるような死に方をさせるつもりはない。それが私に課せられた責任だ」

少しの静寂の後。

「……わかりました」

ヒマワリは無表情に了承をしてみせた。

アーチェスが言う。

「ええ、人はみんな、持ちつ持たれつで持っているんです。このデパートも皆さんのおかげサマーで成り立っているようなものですからね！　夏だけに！」

「そうですか」

と言ったヒマワリの頭に、難しい顔をしたミサキがぽんと手の平を乗せた。

③

「……マスターも大概笑ったり怒ったりするのが苦手なのですよ」

そうかもしれないが、今こうして向かいに座っているミサキやヒマワリのような年頃の女の子が、ああいう話をしているのは気の毒にしか思えなかった。

ヒデオはトラックの薄暗い荷台で揺すられながら、そんなことを考えた。工業区からマルホランド・デパートへ商品の配達に来た車両に乗せてもらったのだ。

〝ま、本人たちはそんなふうには思ってないでしょうけどね〟

マックルはそれが当たり前のことのように言う。

だとしたら、気の毒だということに気付くべきなのだ。

〝いいえ、ヒデオ。二人ともね、とっくに気付いているのよ。だからこそ、自分たちはそうあるべきじゃないって、わかっているの。ヒデオみたいに平和な国で生まれた子が、戦争なんて遠い場所の話で、戦いよりも愛と平和が大事だって思うのと同じくらい。この二

人にとって愛や平和は、遠い大昔のこの時代の話で、戦うことの方が大事なのよ〃

そんなことは間違っている。

（……）

間違っている。

工業区へ入る手前……商業区から出る手前で魔殺商会の検問があったものの、ドライバーがエリーゼ興業の直参企業だと凄むとすんなり通してもらうことができた。

感心したようにミサキが言う。

「エリーゼ興業というのは大したものだな。あれだけ傍若無人な魔殺商会でも手出しできないわけか」

ウィル子が笑った。

「にはは。社長のエリーゼがウィル子と同じ精霊なのですが、怒るとむちゃくちゃ怖いのですよー」

それを聞いたヒマワリが小首を傾げた。

「ウィル子さんのような実体を持った精霊さんは、たくさんいるんですか？　ギャングの人たちはこう……魔法みたいな感じで火を出したりするだけでしたけど」

「あー、たくさんではないのですが……」

それまで姿を見せていなかった二人の精霊が姿を現した。

「こんにちは。闇の精霊、闇理《アンリ》ノアレよ」

「いぇいいぇい。私は銃の精霊、マックルイェーガー・ライネル・ベルフ・スツカ。よろしくね、ヒマワリ。ミサキは久しぶり」

荷台が狭くなった。

「久しぶりだな、マックルイェーガー」

笑うでもないミサキの横で、ヒマワリがノアレを凝視していた。

それからまっすぐにヒデオを見て一言。

「……犯罪じゃないですか……」

「否……、……犯罪では。決して……」

ヒデオが何についてどう説明すべきか考えているうちに、トラックは工業区と自然区の境界近くに到着した。降ろしてもらってドライバーに礼を言うと、魔殺商会の影響力が弱まれば商売もしやすくなるから、と逆に応援してもらえたりした。

「さて、ハイキングの始まりね！　ヴァンデン、ヴァンデーン♪」

借用書のあるだろう件《くだん》の山の方を眺めながら、腰に手を当てたマックルが声を弾ませる。

途中、ヒマワリの知り合いのギャングがカーショップをやっているというのでそこで車両を調達する話も出たのだが、やはり狙われた際に小回りが利かず、車両ごと一網打尽にされる恐れがある……ということで徒歩で進むこととなった。

ウィル子がどこからかデータを引っ張ってくる。

「聖魔山は一応、この隔離空間都市の最高峰です。前に聖魔グランプリのチェックポイントがあったところを、さらに登った先ですね。なのでここからのルートとしては、あのときの逆を行く感じでいいのではないかと」

（五年前、か……）

ヒデオは漠然と、道を外れて一気に駆け下りてきたことは思い出した。

なのでその逆と言われてもピンとこないが、生い茂る豊かな緑を指差し。

「つまり。この、森の中を」

「そういうことです。魔殺商会はヘリやドローンも持ち出していますから、きっとその方が敵にも見付かりにくいのですよー」

ウィル子の言葉にヒマワリが首肯する。

「私もその方がいいと思います。日没までも時間は充分ありますし、途中でお弁当にしましょう」

「それともヒデオ、お前に何か作戦があるなら聞くが」

ミサキに視線を向けられたヒデオは、首を横に振るしかなかった。

◆

「債務者捕獲率、六十パーセントを超えました！」

「まだ低い！　一人たりとも山頂には到達させるんじゃないぞ！」

特別対策本部と銘打たれた頂上のテントで、鈴蘭は腕組み姿でことの経過を見守っていた。

「これは金じゃなくて金貸し業としての面子の問題だ！　それより、ヒデオ君はまだ見つからないの!?」

鈴蘭が確認するが、ヘッドセットを付けたメイドは首を横に振る。

「商業区のマルホランド・デパートの近くで消息を絶ったままです！　別の債務者ペアも一組、その付近で行方を眩ませたという情報が入りました！」

「誰？」

「最後に撮影されたガンカメラの映像からです」

簡易スクリーンに映し出されたのは、ヒマワリとミサキの姿。

それを見て血相を変えた鈴蘭は顔を覆った。

「あああぁ……まずいぃ……！　ヒデオ君は目付きの悪いだけで妙に人外に懐かれる気の優しいヒキコモリにすぎないけど、その二人はプロだぁぁ……！」

「俺が行く」

指の隙間から覗《のぞ》く鈴蘭へ、士郎は続ける。

「あれは冷静で合理的な女だ。工業区のギャングどもの店を張り込めば……」

「だめですよ桐原君、工業区はエリーゼ興業の縄張りだから入れないんですよ」

アリスからの言葉で思い出した士郎は、そんな簡単なことも忘れていた自分に舌打ちする。

「……覆面の集団で行くから締め出されるんだろう。俺とアリスが私服で行けば誰も気付かないはずだ」

「いやっ……私たちだけじゃさすがに不利っていうか、稲島軍治《とうじまぐんじ》とか私は無理です……！　陽山《ひやま》さんも岩見《いわみ》さんも見た目怖すぎて無理です……ロディさんはなんとなく、まああとで多少許してもらえそうですけど……」

それが普通の女子高生の当然の反応だ。士郎は平静を装ってはいても、冷静さを欠いている自分に気付く。気が焦った。焦っている。平素のつもりで呟《つぶや》く。

「……結局、ここで待つ方が確実ってことか……」

だが、ここがゴール地点だ。ヒマワリが単騎で現れる確証はない。

なら今回は避けるか。それとも……。

「士郎君、疲れてる？」

鈴蘭に言われ、士郎は肩をすくめた。

「当たり前だ。毎日取り立てをしながらアイドルだなんだともてはやされているんだぞ」

「もてはやされるのは関係ないですよね……？　自慢ですか……？」

真顔のアリスに言い返した。

「猫を被るのに疲れているんだ。暴れさせせろ。暴言を吐きながら暴力を振わせせろ」

うーん、と鈴蘭が首をひねる。

「まあ、ストレスの発散も大事か……。でも任せて、足取りが確定したら必ず士郎君とアリスちゃんを向かわせるから。そしたら、話し合ったり殴り合ったり、まあ方法はともかく三人でいろいろ整理して、けじめを付けてくるといいよ」

「……それは俺たちの問題だ。あんたが気を遣う必要はない」

背を向けた士郎へ鈴蘭は微笑み返す。

「遣うよ。バイトとはいえ将来の可愛《かわい》い部下なんだから、君の問題は私の問題だ」

「何度も言わせるな。ここに就職する前提で話をするのをやめろ」

「困ってることがあったらなんでも言うといいよ。さもないと言わせることになる」

気付いているのかいないのか。

マンガや何かでヒミツを抱えたキャラクターが仲間に何も打ち明けられず、泥沼に陥っていく展開というのはよく見る。さっさと打ち明けてしまえばそれで済む話なのに、自分がその状況に置かれてみるとよくわかる。言って解決するような気がしない。事態を悪化させる想像の方にリアリティを感じる。

そんなとき、アリスが言った。

「桐原君は下手に完璧超人だからなんでも抱え込み過ぎなんですよ。受験生で生徒会長でケンカもして借金取りのアルバイトでアイドルとか、普通に考えて不可能なんです」

あれもこれも日々忙しい人間、とは精霊王グノームに指摘されたことだったか。

そうとも、限界なんてもう何度も感じている。どのときと言わず、自分の無力さを何度も感じてきた。誰にも関係のない自分だけの理由だと嘯《うそぶ》きながら、アリスとヒマワリを巻き込んだ。それが原因でヒマワリがSVRに捕まり、彼女に合うために挑んだ勝負でエリーゼ・ミスリライトに惨敗した。全て自分のせい。

もう、途中から何もかもうまく行ってはいないのだ。自分なんて高が知れている。

（……気付け）

完璧な自分だからこそ、気付くことができるはずだ。

人間とは間違う生き物で、間違えば誰かが必ず止めてくれる。間違ってもいいように支え合って生きているとは、誰が誰に向かって言った言葉だった？

そうして深刻な顔付きのまま思いふける士郎の様子を、いよいよ周りが心配し始めた。

「桐原君……？」

「あ、あれ……？　士郎君、ひょっとして結構マジで過労だとかはなしだけど……」

重荷に思われるより、好き勝手に生きて欲しいと言ったのは母自身だ。

（親父は……）

回復の見込みが立たなくなったと知ったら、それどころかぶり返すように容態が悪化したと聞いたら、ひどく落胆するだろう。

だが、腐ってもマイク桐原だ。自分の親父だ。それで立ち直れなくなるようなヤワな男ではあるまい。

そうとも。

「……心配するな総師、俺はそんなヤワじゃない。……が、せっかくだ。そこまで言うなら総師に話しておきたいことがある」

「え……ほんとに？　何、改まって……？」

本当にそんな話が出てくるとは思っていなかったのか、ぱちくりしている鈴蘭へ向き直る。

「長いこと入院している母親が人質に取られている。解放の条件は日向葵《ひゅうがあおい》の殺害だ」

「なっ……！」

「ちょっ、桐原君……本気ですか、それ……!?」

正面に回り込んで来たアリスにまっすぐに告げる。

「……本気だ。ゼネフという名前らしいが、実際に今、そいつの指示でお袋の容態は回復しているらしい。逆に言えば……」

「回復させられる立場にいるなら、悪化させるのもわけない……ってことか」

大仰に驚くでもなく、鈴蘭が真剣な顔付きになった。普段はとぼけていてもダテに悪の組織の総帥を名乗っているわけでもないらしく、悪事については話が早かった。

「ゼネフさんは〝組織〟のシングルナンバーの中でも、ナンバー・ゼロに数えられていて……つまりナンバー・ワンのマッケンリーさんよりも上の存在と目されている人だ。ただ、会合でもいつも音声だけの参加で、誰も本人の姿を見たことはないんだよ」

それを聞いて士郎は納得した。

「マッケンリーよりも上の、正体不明の人物か……平気で暗殺なんてほのめかしてくるわけだな」

　鈴蘭は一息。

「で、士郎君はどうするの？」

「日向を殺す」

　思ったよりもすんなりと言葉は出た。これについては決めたことだ。覚悟したことだ。

　途端にアリスが声を張り上げる。

「そんな！　だめに決まってるじゃないですか！」

「アリス。俺なりに考えて決めた結論だ。あいつが四年前のテロの実行犯なら、それがわかっていながら誰も何も手を下せないってのはやはり間違っている」

　だがアリスの青い瞳には、すでに敵意に近いものが混ざっている。

「だからなんですか!?　だからって、誰かに脅されて何かするなんて！　そんなの全然桐原君らしくないじゃないですかっ！」

「そうだ。……そうだな。だがな。きっかけはたかが脅しだが、誰かがやるべきなんだ。日向が全権代行だって噂《うわさ》が出回ってしまっている以上、誰かがそれをやろうとするだろう。仮にいま俺が断っても、ゼネフってのはまた他の誰かに、それをさせるに決まっている」

「それはっ……！」

「だったら、他の誰かじゃない。後になって日向が他の誰かの手にかかったなんて話を聞かされて、それで俺自身が納得できるわけがない」

確信し、見つめた手の平を握り締める。

「結果として殺すことになろうとだ。あいつに犯した罪を理解させるのは、俺の役目だ」

「桐原君……」

呟いて後ずさるアリスから、すがるような視線を向けられた鈴蘭は。

「……わかったよ。そんな大変なことをよく話してくれたね。お母さんのことについては何か手を打てないか、こっちでも調べてみる。けど、勝負は勝負だ。早い参加者はもうすぐ山頂まで辿《たど》り着《つ》くだろうから、二人は山頂の最終防衛ラインをお願い」

「総帥、俺は……！」

「それが一番、ヒマワリちゃんとかち合う可能性が高いんだよ」

意図を汲《く》めぬ士郎に、鈴蘭は続ける。

「いい？　ヒデオ君はヒマワリちゃんたちと一緒に姿を消した。逆に言えば、ヒデオ君と行動を共にしているヒマワリちゃんは必ずゴールに姿を現すはずだよ」

「……元社員の裏切り者ってのはわかるが、何者なんだ。その川村ヒデオってのは」

腰に手を当てたまま、まるで自慢するかのように鈴蘭は言った。

「前回大会で奇跡を起こした、未来視の魔眼。当代最強の召喚士。四年前のメガフロントで唯一全権代行との会話を成功させて……一ヶ月前。ついにその彼女を捕まえた、張本人だよ」

④

その頃、張本人は息せき切らして山を登っていた。

幸いにして傾斜はさほどきつくない。なだらかな丘陵をどこまでも登っていく、という表現に近い。ただ、それだけ距離はある。足下も滑りやすく、良くない。

この隔離空間都市の自然環境は特殊だ。植生も高度の低い部分は温帯のように下生えや藪《やぶ》があるのだが、少し上がっただけでアルプスなどの高原地帯のそれに近くなる。気温はさほど変化した様子もないのだが、湿度はビル街のもやっとした感じはなく、カラッとした心地よい風を感じられるようになる。そもそも地球とは別の場所であり、惑星上の常識的な自然法則が当てはまっているかもわからない。

わからないが。

重力は地球と同じようにあり、それに逆らう方向へ歩こうとすれば、自分の肉体は同じように疲労する。

「っ」

木の根に躓《つまず》いて苔《こけ》に足を滑らせたヒデオは、ついにその場にへたり込んだ。

登山の基本は歩くよりもゆっくりと足を運び、疲れる前に休息を取ることだ……というのにこの二人の女子高生は、ジョギングでもするような気楽さで、てくてくと斜面を駆け上がっていってしまう。

「……大丈夫か？　川村ヒデオ」

情けないものを見るようなミサキの目はまだいい。問題は。

「……」

信じられない物を唖然《あぜん》と見るような目をしているヒマワリだった。

ミサキが尋ねる。

「どうしたのだヒマワリ、騙《だま》されていたことに気付いたような顔をして」

「違……。いや……やっぱり……。……えっ……私、なんでこんな人に捕まったんですか……？」

「……。……」

こんな人。

「いや……正確にはこいつは情報提供者で、お前を捕まえたのは私だがな」

「そう言えばそうですよね」

ヒマワリが、なぜだかホッとしたようにミサキを振り返る。

「そう、四年前はたまたまそこにこの人が現れただけです。この前なんて顔を確認しただけでこの人は何もしていませんでした。そうです」

ヒデオは地べたから立ち上がりざま、言ってやった。

「だったら。僕が、恨まれるような」

「は？」

かぶせ気味の鋭い声。取り付く島もない。

〝そこは言い切ってやりなさいよ〟

〝害のない小動物みたいなふりして、マスターに対してだけは敵意剝《む》き出《だ》しなのです〟

〝ま、ま。それで引き下がる気の優しさがヒデオのいいところよ〟

腕時計を確認したミサキが言う。

「ここまでのペースは順調だ。もう昼も過ぎているし、その辺で休憩にしよう」

「……そうですね」

リュックサックを下ろした二人は特に見晴らしが良くもない場所にシートを敷くと、コンビニおにぎりやら惣菜《そうざい》パンやらドリンク、菓子類などを広げ始めた。

「うあー。優雅なのですよー」

「用意がいいじゃない」

「ヒデオの用意が悪すぎるわ」

(……)

人が息せき切らして登っている最中は影も形もなかった精霊たちが、こぞって姿を現した。それを見たミサキが疑問する。

「そう言えばお前たち、何も持ってきていないのか」

「ウィル子たちは最初、アーチェスのところでゆっくりしてから、用意しておいたクルマで山頂まで駆け抜ける予定だったので……」

ウィル子の説明に続き、マックルが思い出したようにヒデオを見た。

「ヒデオもデパート出る前に色々もらってくればよかったのに」

それをノアレが笑った。

「閣下もウィル子も完全に魔殺商会にビビって、そこまで気が回ってなかったものね」

「そういうノアレこそ気付いていたなら言えばいいではないですかーっ⁉」

言い合う精霊たちを眺めながら菓子パンをかじっていたヒマワリが、それこそ気付いたように瞬《まばた》きする。

「ひょっとして、精霊さんも飲んだり食べたりするんですか？」

ノアレと取っ組み合っていたウィル子が振り返る。

「あー……必須というわけではないのですが、食べられた方が嬉《うれ》しいというか……」

「……じゃあ、あげます」

シートに広げた弁当を示したヒマワリの一言に、やや物欲しげにしていたウィル子が驚いた。

「いいのですか？　……いや、女の子にしてはやたらたくさんパンやおにぎりが出てきたと思いましたが」

「別に全部食べられますけど、一つ二つあれば今日一日は持ちますから、いいですよ」

「うはー」

遠慮なくウィル子がメロンパンを手にした。

「ノアレさんとマックルイェーガーさんもどうぞ」

「あら。私たちもいいの？」

「ありがとう！　あ、長いからマックルでいいわよ」

チョココロネとカレーパンがそれぞれの手に渡る。

木陰でそんな様子を見守るヒデオに、ミサキがゼリードリンクとペットボトルを放った。

「その様子では食欲はないだろうが、まだ登るからな。一応腹に入れておけ」

「……ああ。すまない」

それからヒデオは、小動物のように黙々とおにぎりを口に詰め込んでいくヒマワリに向いた。

「君も。ウィル子たちにわけてくれて、ありがとう」

「……」

ヒマワリは何か、今まで通りに言い返そうとしたのだろうが、結局何も言わなかった。

◆

「……」

それから三時間が過ぎた。

ヒマワリとミサキは、がっつり昼寝している。

あれだけ追い回された状況で、時折ヘリの音が通り過ぎたり、遠い場所で爆音や銃声が聞こえる中で、すやすや寝ている。

身体能力だけでなく、肝の据わり方も普通ではない。

そして午後四時。セットしていたスマホのアラームが鳴ると、二人して何事もなかったようにひょっこり起き上がった。

「結局、山狩りはなかったな」

「ヘリもサーモセンサーなんかは積んでいないみたいですね」

（……）

女子高生同士の会話には思えなかったが、軽くストレッチをして、シートを畳み、リュックを担ぐ。

「調子はどうだ、川村ヒデオ」

「あ、ああ……僕も。充分、休めた」

ヒマワリが上を指差す。

「じゃあ、あとはまっすぐ山頂を目指しましょう」

行軍再開。

（…………）

やっぱり、そもそもの人間性能が違うのだなとヒデオは思った。

⑤

「……川村ヒデオの足取り、依然として摑《つか》めていません……！」

「……マジで……？」

鈴蘭は悄然《しょうぜん》と呟《つぶや》いた。

ここまで完璧に、手がかりまで残さず消息を絶つとは思わなかった。

スタートからすでに六時間が経過している。日没まで約三時間。これだけ手を尽くしているのに身動き一つ見せないのはどういう了見だというのか。まさかレースの最中に昼寝をしているわけでもあるまいし、あれだけマークされたら焦燥感から自然と動かざるを得ないものだろうに、どこからも何の報告も上がってこない。

「ヒデオ君は見た目と違って意外とチキンだから、じっとしていられるはずないんだ……やっぱり、ヒマワリちゃんたちのサバイバルテクで行方を眩ませたとしか考えられない……」

「総帥、士郎君とアリスちゃんがまた一組やっつけたそうです」

「うん！　いいぞ！」

士郎とアリスは現在、山頂へ至る最も広い道に設けられたバリケード、最終防衛ラインに位置している。ヒマワリについては士郎といきなり鉢合わせるより、こちら側で先に見つけて一旦事情を説明できた方が……との思いもあるのだが。

「良かったんですか、会長？」

オペレーターメイドの一人が振り返ると、他のメイドも気にした様子で鈴蘭を見やった。

「もし、本当に士郎君が……」

「そのときはそのときだよ。そういう形でしか晴らせないものもあるよ。因縁を抱えた本人がそう言ってるんだから、それは仕方ないことだ。でも……ヒデオ君が一緒なら、絶対にその最後の一線は越えさせないだろうなって、確信もある」

ですね、とメイドたちが安堵《あんど》するように微笑む。

彼が実際に魔殺商会と関わっていた期間は短いものなのだが、それが彼の人徳というものなのだろう。魔殺商会には魔が棲まう。有象無象の巣窟だ。たまたま服を着られる者は、覆面を被るかメイド服を着ているだけ。だからみんな、見た目なんてまるで気にしない。本質の方を気にする。そしてそれは性格以上に、精神性や、魂の方だったりする。

鈴蘭は人間なので、そういう内面というものを両の目で見るということはできなかったが、みんなが言うには、川村ヒデオという男は善良なのだという。だから魔殺商会の誰しも、彼には悪い印象を持っていない。

「Rポイントに目標、川村ヒデオが出現しました！　ヒマ☆姫ペアも同行しているとのことです！」

「よし！　……Rって誰がいたんだっけ？　陣地をたくさん設置しすぎて……」

「Rポイントは……」

「あ！　ああ、思い出した！　ははは！　勝ったッ！　よりによってRポイントに引っかかるとは愚かな奴らめ！　悪の組織を裏切った報いを存分に受けるがいいッ――!!」

◆

両側が絶壁となって迫る、切り通しに追い込まれた。

「山頂に向かうにつれてルートは限られてくる。こういった天険を利用してのアンブッシュは予想通りだな」

言いながら、ミサキは背後からこれみよがしに追い立ててくる覆面どもを振り返る。

走りながらヒマワリは言う。

「本当にわかりやすい人たちで助かります。この様子だと、主力がこの一本道を塞いでいるんでしょうけど……」

案の定、ほどなく行く手を遮る人影が見えた。

その姿を確認した瞬間、ヒデオはヒマワリたちを制止する。

「待てっ……、彼女はっ」

「なんだ？」

「知ってる人ですか？」

ゆらり。薄暗い日陰から、小柄なシルエットが姿を現す。

「天上天下《てんじょうてんげ》唯我《ゆいが》全殺《ぜんさつ》……」

じゃきぃん!!

「この二天一刀《にてんいっとう》蔵王権現《ざおうごんげん》こと、スポーツヨウヒンノアンゼンセイニケイショウヲナラスリップルラップルから逃げられると思わないことなの」

まだ学校に上がらないくらいの幼女が、やけに荒《すさ》んだ瞳で二本のバットを構えている。

「なんて？」

ヒマワリはミサキを横目にする。

「いや、わからん。なんなのだ？」

ミサキから視線がリレーされてきて、ウィル子が引き取った。

「つまり魔殺商会の無茶苦茶さ加減を一番わかりやすく表しているのが彼女なのですよー！　しかも今日はなんかちょっと暴走した的な覚醒モードっぽいです！」

フォオオオオオオオ、とよくわからないオーラを地に這《は》わせているように見える。

「どう見ても普通……とは言わないが、幼女だぞ？」

「ひょっとして、強いんですか？」

ヒデオは首を縦に振り、背後を囲む覆面集団の方へ視線をやる。そちらを突破する方が良策と言わんばかりに、ミサキたちの前に腕を伸ばしたまま後退《あとずさ》る。

「……戦わない方が、いい。絶対に、その方が」

とてとっ！

三歩目を踏み込むか否かのタイミングで幼女が跳んだ。切り通しの壁を蹴り、垂直落下。

かこっ！

「っ……」

ヒマワリとミサキの驚きに見開かれた目の前で、脳天を打たれたヒデオが膝をつく。

「ますたぁあああっ!?」

幸い、死に至ったり気絶したりはしていないようだったが、ヒマワリは言った。

「カーボンバットです！」

「いや、そんな材質のことより速いぞ！　本当に子供か!?」

びゅん、と浴びせ気味に振り下ろされたバットをミサキがすんでかわし、距離を取る。

「スズカさんと同じ、魔人という種類かもしれません！」

ヒマワリの蹴りは横、ミサキの蹴りは縦。別方向からの同時攻撃に対し、幼女は一本ずつのバットで完璧に受け止める。

「なっ……！」

「本気か……!?」

到底振り抜くことを許さぬ強靭《きょうじん》なガードに絶句。

びゅびゅん!!　べしぽこっ!!

「痛い!!　防げますけどッ!!」

やはりカーボン材らしいので打撃は軽いのだが、真芯で頭蓋をヒットされたらその高反発力で意識が揺さぶられることは必至。軽さとしなりを生かした速い振りはガードを間に合わせるのがやっとで、奪い取ったりカウンターを合わせるような真似はとてもできない。有り体に言って、図体《ずうたい》だけのギャングなどとは比較にならない厄介さだった。子供を相手にどうこういう以前に、蹴るにも殴るにもまず的として小さい。しかも素早い。そのくせ、バットのおかげでリーチだけは異様に長い。物理的に手の付けようが封じられている。

そうして手間取る様子を見た覆面たちが、威勢よく叫んだ。

「よし、ひとまず川村ヒデオを最優先で確保しろとの命令だ！」

「おう！」

びゅん!!

べこぼこぐしゃ!!

戦場に踏み入れた覆面の数人が、瞬く間にバットで吹っ飛ばされた。

「なっ、何をするんですかリップルラップルさん!?　我々は味方……！」

ふぉおおおおぉぉぉ……！

「ここが私のバッターボックスなの。死合中に不用意に打席に近付くのは、自殺行為と心得るの」

「い、いかん……今日は総帥もえらいはしゃいでいたが、リップルラップルさんも何か良くないところに入ってしまっている……！」

大の男たちがそそくさと切り通しの外まで離れていく。

ヒデオも勝ち負け以前に接触しないように恐れていたが、この幼女、魔殺商会の中でも名の知れた傑物らしい。

「よし。ここは任せてお前たちは先に行け！」

と、ミサキが不敵に笑った。ヒマワリは念のため確認する。

「いいんですか？」

「悠長に話している時間はないはずだ！　私のことは心配ない！」

なんだかありきたりなフレーズにも聞こえたが、日没までさほど差し迫っているわけでもない。スライムのときといい、ミサキはミサキでシチュエーションに酔って何かのスイッチが入るらしい。

「こっ、ここはミサキの言葉に甘えた方がいいのですよー！」

一応、自分も戦う気満々だったヒマワリだが、あれだけ人には口うるさいミサキが行けと言うのだから、勝てる見込みがあるのだろう。

その代わり、自分のリュックをミサキの足元に置く。

「いろいろ入ってますから使ってください」

「わかった」

「急ぎましょうマスター！」

リップルラップルと対峙《たいじ》するミサキをその場に残し、ヒマワリはまだ軽くめまいを起こしているヒデオと、彼に肩を貸すウィル子と共に先へ進んだ。切り通しを進めない覆面たちも、回り道をして追ってくるだろう。ならば今のうちに距離を稼ぐべきだ。

ゴールへ登るよりも斜面に対して横に、なだらかなルートを選んで速度を出す。

「……。もう、大丈夫、だ……」

「マスターの運動神経では、あれはかわせないのですよー……。ミサキたちと一緒で助かりました……」

ヒデオも殴られたダメージから幾分回復したらしく、ウィル子の肩を借りずともしっかりした足取りで走り出す。その横を滑るように浮遊しながら、ウィル子が尋ねてきた。

「ウィル子はマスターをやられてつい焦ってしまったのですが、ミサキはヒマワリのパートナーです。置いてきてしまって……」

まあ別に、ノリがゼネフからの刺客という感じではなかったし。

「ミサキも強いですから、死ぬようなことはないと思います」

「いや……ウィル子はそこまでの心配をしているのではなくてですね……」

「日向ぁあああああああああああああッ——!!!」

雷鳴のような呼び声。並走していたヒデオを横に突き飛ばす。

衝撃波が駆け抜け、木の根がめくれ泥が舞い上がる。

完全に人を殺せる威力の攻撃を目の当たりにして息を呑《の》むヒデオたちに、行け、と手振りで合図する。

「だがっ……」

「あなたは邪魔です!!」

厳しい視線をやって訴える。

ミサキはああ言ったが、もう恩は返したはずだ。メロンパンもチョココロネもカレーパンもあげた。だったらもう恨みしかない。役に立たないなら一緒にいる必要はない。今日一日一緒にいてわかったが、川村ヒデオは身体能力に関して言えば完全に普通の一般人だ。対して、士郎の攻撃はこけおどしではなく本物だ。

今の衝撃波は大口径ビームでも駆け抜けたのかと思ったほどだった。

「ここは従いましょう、マスター……！　事情はわかりませんが、話の通じる雰囲気ではなさそうです……！」

高い位置から見下ろす士郎は、そうして手を引くウィル子のことも、手を引かれ離れていくヒデオのことも一顧だにしなかった。

やがてヒデオたちの姿も見えなくなった頃、彼はようやく口を開いた。

「こうして二人で会うのは久しぶりだな、日向」

「そういえば大概、木島さんも一緒でしたからね」

「ゼネフって奴から頼まれた。お前を殺してくれってな」

……まさか、次の刺客がかつての仲間とは。それともただの悪趣味か。

味な真似というのだろうか。

「それは本当ですか？」

「ああ、本当だ。それで気付いた。俺以外にも、お前を恨んでいる奴はいるんだってな。なら当然、命を狙う奴もいるだろう。お前は四年前、この世界を敵に回した。だから次は世界中がお前を狙う番だ。逃げ切れるはずがない」

言い得て妙だと思った。

私はこの世界が間違っていると思う。だが世界からすれば、そんなことを思う私が異物。否定するとはそういうことだ。四年前。私はそれを、この世界に向けて叩《たた》き付《つ》けた。

世界《オマエ》を否定する敵がここにいると、宣言した。

お前たちは、間違っている。あんな未来をもたらしたこの世界は、間違っていると。

「逃げ切れるはずがないんだ、日向。そして気付いた。いつかお前が殺されたことを聞かされた俺は……俺は一生、後悔する！」

声の抑揚から、シルフとは言っていないが攻撃が来ると読んで跳ぶ。大気が歪《ゆが》んで見えるほどの衝撃波か、真空波が駆け抜けていく。細い木の幹はへし折れ、太い幹がえぐれる。

「だったら、日向！　お前を殺すのは俺だ！　俺でなければ嘘《うそ》だ！　俺はお前のクラスメートで、同じチームで戦った仲間だ！　見ず知らずの縁もゆかりもない兵隊に、ただの任務で殺されるなんてのは間違っている!!　そうだろう、日向!!」

「っ」

ヒマワリは避けたつもりだったが、波濤《はとう》に足をすくわれたように地に転がった。

切断する真空波は線だが、吹き飛ばす衝撃波は面の広がりを持っている。範囲を広げた分、大きなダメージはなかった。しかし次の攻撃まで動きを抑制する意味では充分だった。

すでに士郎の腕は振り上げられていた。

「死ねッ――!!」

第五話

ずっと、あなたをこうしたかった

①

ふぉおおおおおぉぉぉぉ……。

「……」

スポーツヨウヒンノアンゼンセイニケイショウヲナラスリップルラップルが、鬼のように立ちはだかる。二本のバットを直交させただけの棒立ちだというのに、どこにも踏み込む隙がない。かといって背を見せれば、その瞬間、餓狼《がろう》の如く踊りかかってくるだろう。

切り通しに入れない覆面たちはヒデオを追ってこの場を離れたが、どうやらリップルラップルにその気配はなさそうだった。

「この私に一人で挑むとは、愚かなことなの」

「そんなことはない」

ミサキには、どういう理屈でこの幼女があれほどの機動を見せられるのかわからなかったが、あの瞬発力から生み出されるスピードを振り切るのはクルマやバイクでも無理な話。ならばそもそも全員で逃げることが不可能だ。誰かが囮《おとり》となって引き付ける方が、可能性としてまだ理に適《かな》っている。

全員で寄ってたかって幼女を殴ったのでは、体裁が悪いというのもある。

「……何が、おかしいの」

「おっと。私も人のことを言えないな」

知らず笑みを浮かべてしまっていたことを自省したミサキは、ヒマワリが置いていったリュックを取り上げ、中に入っているものを探る。あれだけウィル子たちに分けたのにスナック菓子だのグミキャンディーだのまだ結構残っていたが、それではなく。

「これが私の、ウォーハンマー四十万だッ!!」

頭の中でジングルを鳴らしながら、選ばれし者がそうする伝説の剣がごとくそれを引き抜く。

幼女が荒《すさ》んだ目付きをさらに険しくした。

「……ただの釘《くぎ》抜《ぬ》き付きハンマーなの。というか、私としたことが言いたいことが多すぎてツッコミきれないの」

「ふん、馬鹿め。スポーツ用品の安全性に警鐘を鳴らすだと？　貴様、どうやら工具の危険性については理解が浅いようだな」

フォオオオオオオオオ……、とオーラの奔流が勢いをいや増す。

「かっちーん、ときたの。一本千円のホームセンター工具の分際で、最新のカーボンファイバーマテリアルを使用したブラックカノン絶斗《ぜっと》に勝てると思ったら大間違いなの」

びゅんっ!!

カコキン!!　ぼすん!!　ばすん!!

ハンマーの打面がバットの打面とぶつかり合い、快音を響かせる。二刀に対して手数が足りない分、ミサキはリュックサックを盾代わりに、中に詰まった空気で衝撃を和らげる。

スピード特化で重さのないバットは、空気の緩衝材を突き破れない。

「……、なかなかやるの」

歯噛《はが》みするリップルラップル。冷や汗を一筋流すミサキ。

「フフフ……。実はちょっと不安があったが、この分なら問題はなさそうだ」

バットには遠心力とリーチはあるが、片手ハンマーのコンパクトな小回りと重さで拮抗《きっこう》させることができる。

「こうなったら、情け無用なの……!」

「最後まで立っていた者の勝ちということだな!」

リーチと速度差がある以上、殺陣はミサキがバットを受けるところから始まる。それは変わらない。だからミサキが計っていたのは、そこからどう転じるかである。

リュックでバットを絡める。あるいは疲れるのを待つ。その引き際を追う。

だが恐るべきことに、この幼女のスタミナに限界というものはないように思えた。そもそも疲れるという概念がないかのように、攻撃に衰えが感じられない。ヒマワリが言っていたように、人とは別なファンタジー種族なのだと、剣戟《けんげき》を重ねるほどに痛感させられる。

「スタミナ切れを狙っているとしたら、なめられたものなの」

「だが私も貴様の攻撃パターンを読めてきた……、もう防ぐだけなら楽なものだぞ！」

しゅたっずざっ、と幼女が距離を取る。

案の定。身体能力はともかく、年相応に煽《あお》り耐性の方は高くない様子。ヒマワリよりも低いかもしれない。

「お望みなら、そろそろ決着をつけるとするの」

彼女の身体は小さい。

それだけに、強く速いモーションには全身を回転させるような動きをつける。渾身《こんしん》故に、途中で軌道を変化させるような器用なことはできない。初動を読めば合わせられるはず。

「二天一流ではなく二天一刀の意味、病院のベッドで目覚めた時に思い知るがいいの……」

こん、と二つのバットを重ね合わせる。まるで一振りの刀であるかのように……！

「行くの！　いま必殺の、二重必倒断絶殺《スーパーツインバスターミネーションスラッシュ》！」

「見切った!!　バールのようなもの部分ボルグッ!!」


カッ!!!


ハンマーを持つ手を返したミサキは、天高くから全体重をもって振り下ろされたバットの真芯を、打面ではなく鋭い釘抜き部分で捉えた。

樹脂で固められたカーボンファイバーも、軽金属合金の内張りも、全ては軽さと反発力を求めて設計されたもの。ミサキが振った炭素鋼の重さと鋭利さはそれを容易《たやす》く突き破り、中空構造に食らい付く。

そしてミサキはそのまま力任せに、リップルラップルの小さな手から釘の代わりにバット自体を引っこ抜いた。

「これが工具の力だ！　二天一刀破れたり!!」

「なっ……」

絶句したリップルラップルは驚きに目を見開いたが。

即座に距離を取り残る一本を両手で構えた。

「まだ……勝負はついていないの」

じり、と間合いを一刀のそれに変じるリップルラップル。

今度はミサキが、奪ったバットとハンマーの二本を構え不敵に笑う。

「私のことは、二天超一流観音菩薩《ぼさつ》と呼ぶことだな!!」

……。

リップルラップルは、少しだけ疲れた様子で小さく呟《つぶや》いた。

「……実は、一番面倒な相手を引いてしまった気がするの……」

②

「死ねッ、日向《ひゅうが》——!!」

魔法だろうと精霊さんだろうと、結果が物理現象であれば切断には時間がかかるのだ。

ヒマワリは柔らかい頸動脈《けいどうみゃく》部分だけを腕でカバーしながら転がった。

一迅の涼風が駆け抜けたかと思うと、首を隠した左右の上腕下腕から血が噴き出す。

(骨は大丈夫。腱《けん》も大丈夫)

それだけ確認して腐葉土の上を転がり、木の幹に隠れる。

彼の能力は知っている。性質自体は奇《く》しくも先程の幼女と同じ。フレキシブルで捉えどころがない。

（……）

リュックをまるごとミサキにくれてきたのは失敗だったと舌打ちする。出血が多い。ジャージの袖が血でべっとり肌に張り付いている。あまり時間をかけると不利になる。

だが向こうだってギャングとのケンカと違い、一発一発を本気で撃ち出している。あんな威力の精霊さんを無限に放てるわけがない。あと数発が限度のはずだ。宝探しゲームの時に見ている。肩で息をし、目が充血してきたらその合図。そこまで逃げ回れれば……。

「シルフ!!」

「ッ!?」

隠れていた木の幹が破裂し、吹っ飛ばされたヒマワリはごろんごろんと斜面を転がった。

「シルフッ!!」

体勢を整えるより傾斜に任せて加速し距離を置く。途中、突き出た岩肌に勢いよく背を打ったが、そこでしがみつき岩陰に身を隠す。

「……、けほっ……」

背中を打った時に一瞬息が止まった。三半規管が揺れている感じ。

逃げるしかないなら、その間に士郎《しろう》も休まってしまうだろう。そうなればまた数発、余計にシルフを撃たせることになってしまう。だが不可視の凶器を相手に、ただ距離を詰めるのは無謀に過ぎる。

「いつまでそうして逃げ回るつもりだ、日向？」

「……」

「自分は好き勝手さんざん人を殺しておきながら、自分が殺されるとなれば逃げて隠れてだんまりかよ……行くぜシルフ!!」

これまでと音が違う。しまった、と気付いたときには、目の前に士郎に回り込まれていた。彼はそのチカラを攻撃のみならず、移動にも使えることを失念していた。

が。

「っ!!」

純粋な格闘能力ならば自分の方が上回ることを冷静に判断する。これは勝機。

ヒマワリは士郎が振り下ろした拳をかわし、血で滑らぬよう手ではなく腕全体の構造を使って捕まえ、引き倒す。

今回は、そのままへし折る。

「ッぐ……日向ぁ!!」

「降参してください」

士郎が痛みで口元を引きつらせながら笑った。

「どの口が言いやがる……、お前がテロを起こさなければダチは死ぬことはなかった、軍《ぐん》治《じ》だってあそこまでねじ曲がることはなかった、新ほたるの復興計画で親父が担がれることもなかった、そこまでしてお前は、俺に、さらに頭を下げろってのか……！」

士郎の目が死んでいない。彼の傲岸な自信には傷一つ付いていない。

そこでようやく、まずいと気付いた。手の届くところに来てくれたおかげで勝ったと思ったが、そうではない。知り合いだからと情けをかけるべきではなかった。わざわざ腕を折って降参なんて勧めるより、首に手をかけ有無を言わさず締め落とすべきだった。

「わからせてやる、日向……。そんな長い付き合いじゃなかったがな、お前はテロリストである以前に人間だ……！　だから、お前が頭を下げなくちゃならない……！」

「っ……！」

彼はこうなることに賭けたのだ。関節技を極められるほど密着した距離でなら――。

「俺の命ごと持っていけ、シルフ!!!」

――かわすことは愚か、防ぐことすらできぬのだ。

死ぬほど高い崖の上から水面に突っ込んだら、それはきっとこんな衝撃なのだろう。

衝撃波をまともに喰《く》らったヒマワリは、そんなことを思いながら周囲の木立より高く宙を舞った。

一度何かの枝に引っかかり、その枝を折って、また別な枝に腹を打たれ、頭を打って、わけのわからぬように地面に落ちていく。

◆

「っ……」

ヒマワリに言われたまま先を急いでいたヒデオは、ただならぬ爆音に足を止め、振り返った。だが木々の枝葉が濃く、何が起きているかまでは見通せない。

嫌な感じがする。

ヒマワリと対峙《たいじ》したあの少年の気迫は、尋常ではなかった。

何より、それを受けたヒマワリの方も、ただならぬ様子だった。

〝だからこそでしょ、閣下。他人が首を突っ込めるような状況には見えなかったけど？〟

そんなノアレの言葉にマックルが続く。

〝死者を出さないことが前提の大会なんでしょ？〟

それでも万が一ということがある。少年の放ったチカラは間違いなくそういう威力だったし、ヒマワリの方はといえば、すでにそういう一線を越えたことのある人間だ。

〝しかし、もうゴールまでいくらもないのですよ、マスター。そもそもマスターはヒマワリから良く思われていないのです。無理にお節介をかけるよりも、このままゴールしてヒマワリたちの分の借用書も確保してやった方が……〟

「……登るのに、疲れた」

そう言って、ヒデオはもと来た道を下り始めた。

〝いやいやいや、マスター。言い訳するにしてももう少し他に……〟

「やはり。心配だ」

マックルが少し嬉《うれ》しそうに言った。

〝なら仕方ないわね。そこがヒデオのいいところだし〟

〝マックルはいつもいつもマスターに甘すぎるのですよー！　巻き込まれたりしたらどうするのですか⁉　最凶だの最悪だの言われながら、意外と直接の戦闘能力はないのがこのマスターと愉快なウィル子たちです！〟

〝私は閣下の行動を眺めるだけだからいいけどねー〟

③

士郎は立ち上がると、呼気と一緒に血を吐き出した。

ほとんど密着状態の狭間にシルフのチカラを放出したため、自分の肋《あばら》や内臓もどうなっているかわからない。

「……げほっ、はぁ、真っ先に殴られてたらまずかったが、お前はここ一番って時には相手を確実に壊しにかかる……！　俺が読み勝ったようだな……！」

精霊の庭でシルフそのものと知り合いになり、幾分振るえるチカラが増した。これまでならそろそろ意識が吹っ飛んでいる頃合いだったが、まだ幾らかの余裕を感じられる。

〝だからって自爆戦法は、良くないと思いますよー〟

シルフは警告するが、だがそうでもしなければ、戦闘マシンのようなあのヒマワリに大威力の一撃をぶち込むことは不可能だ。

「先輩！　日向先輩、大丈夫ですか……!?」

ようやく追い付いたらしいアリスが、頭から落ちたまま動かぬヒマワリに駆け寄る。と、アリスの手が触れるか否かのところでヒマワリが瞳を開けた。

（っ……）

その様子を見た士郎は正直、ぞっとした。あれでも生きている。表情一つ変えず、右手、左手と開け閉めして五体の感覚を確認している。まだやる気なのだ。

士郎は折られた腕を残る腕で支え、足を引きずるようにしてヒマワリの元へ急いだ。

まだここで、あの女より先に倒れるわけにはいかない。

そしてヒマワリの胸ぐらを掴《つか》み上げようとする士郎を、横からアリスが遮る。

「もっ、もういいじゃないですか！　桐原《きりはら》君も日向先輩ももうボロボロじゃないですか！　こんなのただの殺し合いじゃないですか……！」

「……大丈夫だ。俺はまだ死ぬつもりはない。こいつがどうかは知らないが」

「ええ。私も大丈夫ですよ、木島《きじま》さん」

存外、はっきりとしたヒマワリの声に戦慄する。

「どけ、アリス」

言った士郎の声に従ったわけではなく、ヒマワリの方がアリスをそっと横にどかした。

「……木島さんと違って後天的にですけど、私も色んな手術で遺伝子レベルからインプラントを入れているので、そんな簡単には死なないんですよ」

「日向先輩……私、そんなことを言ってるんじゃゃ……！」

士郎はヒマワリの顔面に一発入れた。

「桐原君!!」

「お前はすっ込んでろ」

改めて、尻餅をついたヒマワリの胸ぐらを捕まえる。

ヒマワリという女については、心からへし折らねばならない。

「お前の負けを認めろ、日向」

「……桐原君……」

「ここは、お前の世界じゃない……そして、いつかその支配者になる俺にお前は負けた……。お前は、この世界に負けたんだ」

「……」

ヒマワリは無言だった。

無言のまま。表情も変えぬまま。

膝をついて、立ち上がろうとする。

「ッ……もういいだろう、日向……!!」

思わず叫んでいた。

「……何が？」

何がですか？　と、何もわかっていないように瞬《まばた》きする。

「お前はこの先、どこまで行っても、未来の果てまでテロを起こした大罪人だ！　一生、逃げ続け、心安らぐ暇もなく誰かに恨まれ続ける人生だ！　いや、そんなもん人生って呼べるのか⁉　お前は、本当にそれでいいのか……⁉」

「桐原君……」

「認めろ！　一言でいい！　お前が間違っていたと、言ってくれ！　お前が実行犯じゃないと言うなら！　それでもいい、そう言ってくれ……！」

だのにヒマワリは、ついに二本の足で立ち上がる。

士郎は、無反応な血塗《ちまみ》れのヒマワリの肩を捕まえ、怒鳴りつけた。

「テロリストごっこなんかやめちまえって言ってるんだッ‼」

「……」

見かねた様子のアリスが言った。

「魔殺商会の会長さんが、日向先輩を死んだことにしてくれるそうなんです……！　桐原君に殺されたことにして、先輩は今までの名前や、戸籍や、顔や……そういうのを一切変えることになるそうですけど、そうすればゼネフっていう人から狙われることもなくなるって……！」

士郎は嘆息してから、アリスの言葉を引き取る。

「……それでお前が重ねてきた罪が消えるわけじゃないが、事情も知らない誰かに毎日命を脅かされるようなことはなくなる」

だがもちろん、全てはヒマワリ本人が望めばの話だ。望まぬのであれば、そんなことをしても何の意味も持たない。だから、まず第一に彼女が認めなければならない。力尽くでも。命を脅かしてでも。

するとヒマワリが、唐突に言った。

「桐原君、お母さんが企業部会傘下の医療機関でお世話になってるって言ってましたね。ゼネフから何か吹き込まれたんですか？」

睨《にら》むでもない変わらぬ目付き。脅すつもりもない変わらぬ声のトーンに、背筋が氷る。

「っ……、なんでそれを……」

「企業部会は、言ってしまえば〝組織〟のフロント機関です。そしてゼネフは〝組織〟でもトップクラスのナニモノカだそうです。そのゼネフが、真面目な桐原君をここまで焚《た》き付《つ》けたのなら……それは企業部会に囚われているお父さんのことか、その原因になっているお母さんのことしかないと思います」

確かに、精霊の庭でシルフとの絆《きずな》が深まったこともあり、並のギャング相手には放ったことのない威力を連発した。望んで殺したくはなかったが、心のどこかで、まかり間違って殺してしまってもやむなしとの、そういう心根があったことは否定できない。

「……本当に可愛《かわい》げのない女だな、お前は」

アリスが慌てて言い繕う。

「待ってください、日向先輩！　桐原君は、確かにお母さんをゼネフに人質に取られているらしくて、でもそれで日向先輩を殺すように脅されていて、だからそれは仕方のないことで……！」

ヒマワリが微笑んだ。

「くだらない」

士郎は完全に油断していた。

今の話の流れで、何がおかしくて、何が下らないのか、全く理解できなかった。

「……なんだと……？」

表情を変えた士郎に、ヒマワリは続ける。

「今さら私に全て放り出せって言うんですか。逃げ出して何になるんですか。四年前に死んだたくさんの人たちは無駄死にだったと言うつもりですか」

わからない。

「日向、俺はそんなことを言ってるんじゃない……！」

「そういうふうに私には聞こえるんですよ。世の中に必要な犠牲なんてないのだとしても、生まれてしまった犠牲に意味や教訓を見出《みいだ》せない人はただの馬鹿です。なぜあの日大勢が犠牲になったのか、桐原君は一度でも自分の頭で考えたことがありますか？　自然環境を破壊して、科学技術に隷属して、未来と言ってもせいぜいが自分の子や孫のことまでしか考えず、身勝手な幸福を言い訳にして豊かさを追求したからです」

この女の思考がわからない。完全にこの世界の常識とは乖離《かいり》している。この女はどこまでもズレている。きっとこの女が生まれ育った世界や、環境は、そうまでしなければならぬほどズレていたのだ。本当にこの世界ではないどこか別の場所から来たのだと、初めて実感する。

「桐原君の友達は、そうした利己主義の犠牲になったんです。それを無意味にただ死んでしまっただなんて、友達としてはあんまりな言い方じゃないですか？」

士郎は唇を嚙《か》み切った。

「もういい日向。口を塞げ。それ以上言われたら、本当に殺しちまいそうだッ……！」

「桐原君!?　待って……！」

アリスの声が風音に遮られて聞こえない。

折れた方の腕で拳を握り込む。景色が歪むほどの大気が渦巻いていく。

それはもはや、士郎を中心にした竜巻。

「でも、私が私を捨てるというのはそういうことなんです。四年前のことを繰り返させないためにこの世界をどうにかしたいって言うから、私は桐原君のチームになったんです。友達が死んだっていう重い十字架を背負った桐原君なら、いつか本当に私の望むような正しい未来につなげてくれるかもしれないって思ったんです。でも違うというのなら……」

「日向ぁッ!!」

「桐原君は友達の死を、都合よく言い訳に使ってるだけじゃないですか」

士郎は渦巻く大気を拳にまとわせ、嗤《わら》うヒマワリへ向けて爆散させた。

その拳を、ヒマワリが事前に読んでいたかのように跳ね上げる。そう、読んでいたのだ。四年前の話を持ち出せば簡単に逆上すると知った上で、本気のときは利き腕で全力でぶん殴ると知った上で、そうなるように誘導したのだ。

本能的に途中で気付いたが、それでも士郎は乗った。

許せないとは、許さないとは、そういうことだからだ。

だから一切の加減をしなかった。

極圧状態の大気をまとった士郎の腕に触れた瞬間、ヒマワリの腕の肉が血煙と化す。肩の肉が削げ、耳が千切れ、鼓膜が破れ、そして結局、士郎が打ち砕いたのは彼女の背後にあった数本の大木のみ。

枝葉を散らして丸裸になったそれが倒れるより早く、士郎の顔面にヒマワリの打撃が入った。拳だったのか、肘だったのか、それすら判別できなかった。

それから何発喰《く》らったのかも数えられず、覚えていない。

士郎はよくできたサンドバッグのように倒れなかったが、あるとき冗談のように足下を払われると、それだけで簡単にすっ転んだ。楽になったと思う間もなく、重々しい何かが鳩尾《みぞおち》に入る。顔面に入る。開かぬ目で防ごうと闇雲に上げたガードの隙間に寸分の狂いなく踵《かかと》が入る。

アリスが悲鳴を上げているのが聞こえたが、ヒマワリには聞こえていないようだった。

「私はずっと、桐原君をこうしたかったのかもしれません」

「……」

とんでもない女だと思った。

そしてそんなことを言う割には、ようよう開いた目蓋から覗《のぞ》けた表情は喜ぶでもなく、眼鏡の奥から見下ろす瞳は冷たいままだった。

「言いましたよね。私は桐原君のことが嫌いだって。やっぱり嫌いです。立派なお父さんがいて、優しいお母さんもいるのに、どうしてそういう人を困らせたり心配をかけるようなことばかりしてるんですか。勉強して、スポーツをして、いい成績を取って、それで充分じゃないですか。どうしてこの時代のあなたたちはかっこつけてケンカしたり、誰かを殺すなんてできもしないことを言ったり、下らない無駄なことばかりしているんですか？」

「っ……」

ヒマワリが喋《しゃべ》っている間、攻撃は止んでいた。

ヒマワリの言うことは正しい。正しいが。

「……それだけで、いいなら……！　世界はもっと平和なはずだ……！」

「そうかもしれません。でも、根が善人な桐原君には向いていないんです」

肉体的にはもうぼろぼろだった。足腰が立たない。片腕は折れて使い物にならない。残った気迫だけで、ただがむしゃらに体を起こす。

「……」

起きた拍子に、懐から何かが滑り落ちたのがわかった。

ピルケース。中身は、ギャングたちがよく喰っているそれ。

気付いたヒマワリが言う。

「……そういう最後の備えを怠らないのは、完璧を自負する桐原君らしいですね」

「っ……」

葛藤した。あれだけ馬鹿にしてきた他のギャング共と同じことをしようとしているのだ。一発で笑えるくらい気持ちが渦巻いた。そうまでして勝ちたいのか。

勝ちたいのだ。誰しも。誰だって。

「お母さんの命がかかっているんだから、当然です。誰も笑ったりしませんよ。勝ちたければ使うべきです。私は遺伝子改造されたバイオソルジャーです」

そう言ってヒマワリは、腕の骨の剝《む》き出《だ》しになった部分を見せた。

「……血だらけでよくわかりませんけど、軽合金です。深海のホットスポットに、金属を生成する貝がいるのを知っていますか？　そういうのにヒントを得た遺伝子インプラントです。戦闘能力や生存性の向上もありますけど、タイムスリップするために情報量を少しでも減らすための工夫です」

誰に向けた怒りなのかもわからず、士郎は叫んだ。

「バカにっ……、しやがってっ……！　それが人間のすることかッ……!?　そんなっ……そんな人類を救うために、お前はッ……！」

「そうです。もし人類の存続する未来が確定するというのなら、私はもっと大きなテロだってためらいません。それをやめさせたいなら、桐原君。あなたはそのクスリを飲んで今ここで私を殺さなければなりません」

ヒマワリの言うような未来は間違っている。そんな人類は間違っている。そんなのは間違っているということにこの女は気付いていない。

「クソ、がっ……！」

気付かせてやらねばならない。気付かせてやれるのは、止められるのは、数百年後という訪れるかもわからぬ未来の呪縛から解放してやれるのは、自分しかいない。

だから士郎はためらいなくケースの蓋を開けた。

それを無情にヒマワリは蹴っ飛ばした。士郎の手の届かぬ彼方《かなた》に錠剤が散らばる。

「使わせるとは誰も言ってませんよ、桐原君」

「っ……！　日向、ぁッ……!!」

次に見舞われたのは、痛烈な平手だった。

「あなたは何のために戦ってるんですか。世界のためですか。友達のためですか。家族のためですか。それとも自分のわがままのためですか」

「黙れ、俺は……！」

咄嗟《とっさ》に言葉が出てこなかった。

なぜなら、全てだからだ。全て大事だからだ。その全てのためだからだ。目に見える全てを正しく納得のいくものにするために、自分は。

「俺は……その全てを!!」

なけなしの気力でシルフを喚《よ》ぶ前に、張り倒される。

「何のためだろうとあなたでは私には勝てません。そもそもの性能が違うんです」

「もう終わりにしてください!!」

あまりに凄惨なやりとりに泣いていたアリスが金切り声を上げ、ヒマワリへ手の平を向けた。

④

「もういいです! もう私たちの負けです! だから……それ以上やるなら、いくら日向先輩でも容赦しません! だから……もうやめてください……!」

泣き叫ぶアリスの声を耳にしながら、またか、と士郎は歯噛《はが》みした。

前は軍治に勝てず、陽山《ひやま》に助けられたのだった。今度はアリスだ。自分が守っているのだとばかり思っていたが、そうではなかった。

「……すっこんでろ、アリス……！」

「グノーム!!」

ヒマワリは、無事な方の腕で士郎を摑《つか》み上げると跳んできた石礫《つぶて》の盾にした。

当然、殺すつもりはなかったのだろうが、軍治に全力で殴られる程度の威力はあり、士郎は血を吐いた。

それを見て身をすくめるアリス。

それを笑いもしないヒマワリ。

「終わりですか？　木島さん」

「っ……日向先輩……、……！」

ヒマワリは、盾に使った士郎の体を横に放り捨てた。

「前に木島さんが言ったのと同じようなことを言いましょうか。今の木島さんは、人を殺せると知らずに銃を撃ったギャングみたいでしたよ」

「っ……！」

力を使い、意図していたような結果にならず、後になって怯《おび》え恐れる。

（……畜生、がっ……）

ヒマワリの言わんとするところが、地べたに這《は》いつくばった士郎にはなんとなくわかった。自分が使ったものが何なのかの自覚が足りない。たかがパンチ一発でも大怪我をさせる危険はある。意図せぬ暴力が、思いがけぬ結果を招くことがある。

それが怖いのなら、最初からそんなことをするべきではない。そういう当たり前の経験が、アリスにはまだ足りていない。

「何がですか、日向先輩……！　何がだよ⁉　こっちは心配して！　それで戦うことを選んで！　先輩を助けようと思って！　戦う理由があるなら戦わなくちゃダメだって、先輩が言うから……！」

「覚悟が決まったらの話です。暴力以外にも戦う方法はありますよ。木島さんのチカラは、とても強いものです。誤って人を殺しても仕方がないという覚悟がないのなら、そんな方法を取るべきではありません」

「なんでそんなこと言うんだよ！　自分はテロなんかやっておいて、人にはダメだって言うのかよ……！　確かに私は人間じゃないかもしれないけど！　それでもいいんだって桐原君が認めてくれた！　精霊の庭のみんなも仲間だって言ってくれた！　だから……私は生まれ持った自分自身のこのチカラで戦うんだ！」

泣き叫んだアリスの周囲に、士郎は不穏な気配を感じた。

〝そうでしょうかー〟

あの、のほほんとしたシルフの浮わついた声がその嫌な予感に拍車をかける。

「そう……！　私は戦うんです、日向先輩！　間違っているなら、誰かが止めてくれるんですから！」

「っ……やめ、させろっ……シル……フ……！」

〝やめませんよー。だってあの子が、全部あげるって望みましたからねー〟

誰にだ。あれはシルフのチカラではない。

〝四大精霊王《わたしたち》にですよ。あのヒマワリという女の子を止めるために、全て捧《ささ》げてくれるそうですから……それは、全てもらってしまいますー〟

シルフが笑っている。精霊の庭で会ったときと変わらぬ笑顔で、アリスの全てを持っていこうとしている。たかが人間の気力のありったけでも相応の奇跡をくれるのだ。

出自が違うアリスが全てと言ったら、どうなるのか。

「木島さん……？」

様子がおかしいことにヒマワリも気付いたらしい。

「……桐原君、木島さんの様子が」

「やめさせ、ろっ……、日向……！　あれは……！」

士郎であれば風だけだったものが、陽山であれば炎だけだったものが、今のアリスは、よくわからない純白の輝きを身にまとっている。

〝やはりこうなったか……〟

〝となれば、いつかはこうなったのじゃろう〟

〝いいお友達になれたのに、残念だわ〟

だったら、やめさせろ！　精霊王！

〝それは人間の役目だと宣言したのはお前だ、桐原士郎〟

〝儂《わし》らは望まれれば、望むだけを与える。言い換えれば捧げられた以上は、返さねばならぬのじゃ〟

〝水面に水滴が落ちれば、波紋が生まれなければいけないようにね〟

〝あの子の場合は水滴じゃなくて……爆弾でしょうかー？〟

アリスが人間だからか。それともこいつらが精霊だからか。

「手脚がなくなれば、先輩も色々諦めが付きますよね……？」

士郎は必死でかぶりを振った。

「やめろ……、アリスっ……！　日向を止めるお前が暴走して、どうっ……する……！」

「私は本気なんです……！　ホンキだって、先輩に思い知らせてやる……！　私の全てを使って……、ここ……で……！　終わらせてやる……！」

アリス自身の姿も見えなくなるほど眩《まばゆ》さが増し、やがてレーザー光のようにただ一条の線に収束する。

「レーザー……、ビーム!!」

何のひねりもない言葉とともに、ヒマワリの膝上を払うような横薙《よこな》ぎの一閃《いっせん》。

進路上にあった樹木を全て焼き切るが、肝心のヒマワリはゴム縄をそうするように跳んでかわした。

「このっ……！」

ならばとアリスが胸元の辺りを薙ぐが、それは飛び込むようにくぐってかわす。

そんな、ただ二、三の挙動でヒマワリは、すでにアリスの目の前にいた。

「センパイ……！」

「木島さんも、初対面の時はすごく生意気でしたね」

ヒマワリが、アリスの顔面をグーでぶん殴った。

先程まで自分が喰《く》らっていたのと同じような威力に、士郎の目には映った。

つまり容赦のない、ダメージを入れるための、本気の一撃。だが。

「っ、まだ……、日向……！」

アリスは吹っ飛び倒れ込んだが、その身体を包む光は消えてはいない。

それどころか、あの威力のレーザーを撃ったというのになお輝きは増し続け、アリスを中心とした球状の光が広がり始めている。

「えっ……」

「暴走だ！　今のアリスは、ごほっ、普通じゃ……ない……！」

「暴走……!?　ってそんなの……！」

大気の鳴動を感じる。精霊のチカラが触って摑めそうなほど濃く伝わってくる。新ほたるのギャングが前後不覚に陥ったのとは訳が違う。アリスを包む光球は地面を煮沸させ始め、もはや近づくこともままならない。

走れか、逃げろか、それくらいしか士郎の頭には思い浮かばない。

「っとにかく、離れろ！　巻き込まれッ……！」

言ってる最中に、ヒマワリも、士郎も、その一帯が光に飲み込まれた。一瞬にして皮膚がめくれそうな熱量を感じた刹那。

「ノアレ!!」

男の声。

と同時に、目蓋の裏まで刺すような光は止み、全身が沸騰するかと思うような熱も晴れた。

士郎が恐る恐る目を開けると、先程の光とは真逆のような、一点の曇りもない暗黒のベールがアリスを覆っていた。そしてその向こうに。

（っ……、あいつが……！）

士郎は気付いた。あれが、鈴蘭《すずらん》の言っていた男だと。

闇のベールはそのままアリスの輝きを遮り続けていたが、やがて光が止むと、溶けるように消えてなくなった。

〝……ぬう。あれがロソ・ノアレの端末か〟

〝するとあの男が川村《かわむら》ヒデオね〟

〝とても、あのシシルを追い返したような豪傑には見えぬのじゃが……〟

〝人類を滅ぼせる邪神ばっかり連れている割に、意外とフツーの男の子ですねー〟

あれが、川村ヒデオだという。

目付きは鋭いが、どこか憂いを帯びたような表情をした、線の細い青年だった。

「っ……」

そんなことより……、我に返った士郎は、どうにかアリスの元へと這いずっていく。

「アリスは……、無事なのかっ……」

「えっと……」

ひとまず無事な様子のヒマワリが川村ヒデオの方を見る。

彼は首肯した。

「ああ。命に、別状はない」

「そう、か……」

無事を知らされ、アリスの寝息を聞いた途端、どっと気が抜けた。折れた腕まで使ってよくここまで這ってきたものだと、今さら気づく。

「まだやりますか？」

なんの抑揚もなく問いかけてくるヒマワリの声に、士郎は視線を上げた。

彼女は骨が剝《む》き出《だ》しの腕からだくだくと血を流しながら、それでも表情一つ変えていない。単純に失血が多いのか、顔色はよくなかった。

「まだやりますか？　兵器になることを恐れていた木島さんを戦いに巻き込むのは、いくらなんでも……たとえそれが木島さんの意志だとしても、間違っていると思いませんか……？」

ヒマワリがさらわれてからのアリスに薄々感じていた、漠然とした危うさ。

前向きに前向きに進もうとするアリスは間違っていたのだろうか。

いや。間違ってはいないのだ。精霊の庭で経験した全てのことは、エリーゼや精霊王たちとの出会いは自分にとっても、アリスにとっても正しく成長の糧だった。

「日向……」

「なんですか」

「アリスはな……、もう戦う覚悟は決めていたんだ……。ただ、尊敬するお前と戦いたくないから、泣いていたんだ……」

「……」

そんなアリスを、ヒマワリと戦わせることになったきっかけは、確かに自分なのだろう。

そう気付くと、あとは早かった。その都度その都度言い訳してきたが、結果だけ見れば簡単だ。静かに怯え暮らしていたテロリストの目を覚まさせ、父に呆れられ、母の身を危険にさらし、かけがえのない後輩を泣かせた。

褒められる点がどこにもない。

そしてどうしようもなくこのヒマワリという女は強い。何が性能だ。インプラントだ。理不尽だ。不条理だ。結局、四年経ってもそんな現実に抗う力のない己の不甲斐《ふがい》なさに泣けてくる。

突っ張る気力も使い果たした今となっては、そうした諸々の全てが染み入るように素直に受け入れられた。

「……お前こそ、どうしてなんだ日向……お前こそもっと普通に、遊んで、恋愛して、結婚して、その相手のために、毎日笑って生きればいいだろうが……。……なんでお前だけがそんな重荷を背負って生きなきゃならないんだ……」

「同じことを地球生命解放戦線に入る時に家族から言われました。ジャンプ隊に志願した時も友達から言われました。この時代に来て、ザ・マザーアースを結成するときにお義父《とう》さんに言われました。その度に、そんな幸せな自分を想像しました。それは……」

それはとても。

「……とても素敵なことだと思いました」

「っ……だったらっ……!!」

「だからこそ、戦わなくちゃって思ったんです。今も思うんです。私の想像するようなとびきり幸せで素敵な人生を過ごせる女の子がもっと、ずっと、遥《はる》か先の未来まで、いつまでも安心していられるようにすることが私の使命です。私が望む正しい未来というのは、そういう未来です。戦うしか道を選べないような女の子が、生まれることのない未来なんです」

ヒマワリは言う。

「……あの日。私の病室に桐原君が訪ねてきてくれたとき。国家やお金じゃなくて、桐原君一人が支配する全く新しい仕組みの世界でなら、そんな未来に変わるのかもしれないと思ったんです。本気で叶《かな》うとは思っていませんでしたけど。私がもう一度前に進むためのきっかけとしては充分だったんだと思います。あなたには……」

聞こえたのはそこまでだ。

士郎は遠のく意識の中で、最悪だと思った。

最低だと思った。

クソッタレだと思った。

何についてではなく。ただ、ただただ、そう思った。

〝ここまでのようだな〟

〝この子は人間だもの〟

〝その中ではよくやった方じゃ〟

〝ゆっくり、休んでくださいー〟

⑤

精根使い果たしたのだろう士郎が、糸の切れたように倒れ伏した。

ミサキの言う通りだ。感情なんて無駄なものだ。

だが怒りも憎しみも捨ててしまったら、ロボットのように戦うことになってしまう。

(私は)

戦いの終わりを喜べるような戦士ではない。

欲しいのは安息ではなく勝利だ。


本当の殺意を知っている。

空を飛んでいくジェット戦闘機の爆音だ。死ねだの殺すだの目の前で言われているうちはまだ死なないのだと、ぱちくりとしていられる。


別に死ぬことは怖くない。

見知らぬ世界で溺れ続けるようなこの悪夢を終わらせるとしたら、死ぬ以外にないからだ。ただ、自分のわがままで自らの命を断つような無責任はできないというだけ。

精一杯。与えられた全てで戦い抜く。

天国なんて信じない。

私がこの悪夢から覚めるより早く、人類は自ら作り上げたこのユートピアから目を覚まさなければならない。

「……」

立ったまま、気を失いかけていた自分に気付いた。

ヒマワリは嘆息して、骨が見えるほどズタボロになった左腕を見る。痛みはともかく、この先使い物になるだろうかという不安はあった。

「大丈夫……、か」

川村ヒデオの言葉で、ヒマワリは士郎から顔を上げた。

「……さっきの、黒い……変なのはあなたが？」

「否……僕ではなく、ノアレが」

当の精霊が姿を現した。

「変なのって。まあいいけど」

「あ。すみません、ノアレさん。助かりました」

「気にしないで。ヒデオに言われてやっただけだし」

「そうですか。……木島さんを助けてくれて、ありがとうございます」

「……僕は。別に」

《ヒマ☆姫ペアの勝利です。素直にお礼を言いたくないヒマワリちゃんがですね、私としては見ててたまらないわけですが……》

頭上から聞き慣れたスズカの声がした。忍者のように生い茂る枝葉の中から下りてくる。

《とりあえず止血だけさせてください》

「はい」

疲れた。痛い。血が流れすぎて立ちくらみする。

正直、もうレースとかどうでもいい気分だった。

スズカが傷口に泡立つスプレーを吹き付けると、泡はすぐにウレタンフォームのように固まり始めた。ビニール膜のように張り付いて、ちょっとやそっとでは剝《は》がれそうにもない。確かに元いた時代にはこういう止血用の救急スプレーもあったが、こっちに来てから見たのは初めてだ。

「……便利ですね」

ヒマワリは言った。ヒデオの方も、スズカの手当てを見守っている。

「んー、まー、ヒマワリちゃんならね、えー……ある程度お察しかと思いますけど」

「〝組織〟の製品ですか」

市販品のように目立つ商品ラベルがなく、注意書きの類いもほとんどない。

「前にバトルロイヤルで稲島《とうじま》さんに打った注射と、開発元は同じだそうです」

スズカは言うが、〝組織〟の製品か、という問いには答えなかった。彼女たちにとってはそういうものらしい。

「ブランツァール、製薬……か」

「さすがは川村さん、よくご存知《ぞんじ》で」

そうこうするうちに、スズカは膜になった泡の上から慣れた手付きで包帯を巻いていく。

「……でも、いいんですか？　まだ小大会の最中なのに、ジャッジがこんな真似して」

「死人が出る方が問題ですからね。それに今回の主催は魔殺商会さんなので、理解してもらえると思います。それついては先程の川村さんのナイスセーブも本当に助かりました」

傍らには倒れたままの士郎とアリス。言い換えれば、あちらの二人は手当てせずとも命に別状はないという判断なのだろう。

「……それに今回、私と桐原君たちとはたまたま鉢合わせただけで、勝負すると言って勝負を始めたわけじゃありませんでしたよ」

なのに、ジャッジのスズカが勝敗を宣言してしまった。

「あ、それはいいんです、上の方も確認済みですので。途中アリスちゃんが降参を宣言していましたし、どう見ても桐原さんに素手だけで殴り勝ったヒマワリちゃんの勝利です。

ここだけの話……今のヒマワリちゃんと桐原さんたちの勝負は放映されませんし、記録にも残されません。話している内容が迫真過ぎてNGだそうです。まあ未来云々《うんぬん》よりは、ヒマワリちゃんの正体に真実味が出てくると面倒という意味で」

「……私じゃなくて、ゼネフの名前が出たからじゃないですか？」

んふふー、と曖昧に笑いながら、スズカは肩をすくめる。

表向きは大会のジャッジをやっているが、実際の彼女はどういう立場なのだろうか。ただの新ほたる市職員というわけではなさそうだ。現場に出ているくせに、上の人たちとやらのする内々だろう話をいつも知っている。まあ、その内容が事実かどうか確認するすべはないのだが。

「実は初日のファミレスでの桐原さんたちとの会話も、監視カメラの映像やなんかを全部チェックしてあるんだそうです。この先も同じ調子で桐原さんと顔を合わせるたびに噛《か》み付かれたり、その都度殺し合いになったり、メディアのチェックや編集するのはこっちとしても迷惑もとい、大変ですかーらーねー……と。はい、この都市の病院でなら全治一週間ってところです」

「……早すぎませんか？」

左の肩から手の甲側まで無事な部分はほとんど無いし、左の耳は聞こえないままだ。

それを、いくら自分が自然遺伝子型の人間より回復速度が早いと言っても限度はある。無限に増殖するバイオモンスターではないのだ。

「新ほたるの病院の先生が、こっちの都市だと遠慮なく施術できるので……早いですよ」

たぶん、ドリルとかレーザーとか言っていたイヒヒ先生のことだろう。

「女の子だから傷も残らないようにしてくれると思います」

「ドクターであれば。腕は、間違いのない人だ」

ヒデオは言ってから、何か思うところがあるように付け加えた。

「色々。面倒なところは、あるが」

「そうですか」

おっつけ現れた別のスタッフが、担架に載せた士郎とアリスを搬送していく。

「私も桐原さんの勝負はしばらく見てきましたからね。ここで敗退というのは残念なような、感慨深いような、そんな気持ちです。ヒマワリちゃんは？」

「そうですね。桐原くんのことは嫌いですけど……」

あの夜。不登校だった自分に声をかけてくれたことから、始まった。

戦うことを思い出すことができたのは。再び一歩踏み出すきっかけを与えてくれたのは。

いま自分が戦えているのは。全て、彼のおかげだ。

「……感謝はしています。だから、複雑な気分です」

⑥

ミサキの繰り出す嵐のような連撃を、リップルラップルはバット一本でさばききる。

「だめだ、的が小さすぎてハンマーが結局届かんではないか。何が二刀流だ」

ミサキがハンマーを捨てて、リップルラップル同様にバットを両手でグリップした。

対するリップルラップルは、一人で何やら頷《うなず》いている。

「確かに、そうなの。魔族や魔人でもないのに、異様な強さなの。かといって、普通の人間とも考えられないの」

「訓練しているからな」

「そういう次元ではないの」

ごつん、とカーボンバット同士の打ち合う音が低く響き渡る。

「たぶん。マクレガーと同じ、時空の旅人なの」

「知らん」

「南北アメリカ大陸連合陸軍少尉なの」

思わずミサキは動きを止めた。

そういう編制があるとしたら、宙間戦争によって国家よりも地球政府に権力が集中するようになってからだ。自分も幼女も記憶違いがなく、かつ事実なら、という条件付きだが。

「なら……だとしたら……、そいつは少なくとも厳密な意味での人間ではないはずだ」

「その通りなの」

それで確信を得たように、リップルラップルがミサキの顔に向けてホームラン予告のようにバットを向ける。

「お前は、何者なの」

「お前が何者だ」

ミサキはそのバットと行き違うようにリップルラップルの鼻先へバットの先端を向ける。

いつの間にか、空は厚い雨雲に覆われていた。

「私はこの世界を見守るもの。円卓の一人、初代魔王リップルラップルなの。この世界のことは、この世界の人間によってのみ決められるべきことなの。いかなる異世界、次元、時間軸の存在による干渉もされるべきではないの」

「私は機械化帝国空軍ミサキ・カグヤ少佐だ。人類存続を目的とした特殊作戦遂行のために単独でこの時代に降下した」

ぽつり。

一滴の雨粒がバットの先端にはねると同時、両者が動く。

バットは向け合ったままの姿勢から、互いに最速で踏み込む。

腕の長さの分だけ、ミサキのバットが先にリップルラップルの眉間を捉えた。


コンッ！


吹っ飛んだリップルラップルはそのまま転がって切り通しの岩壁に背を打った。

「私の勝ちだ！　成長が十年遅かったな、幼女魔王！」

ぴょこん、と立ち上がったリップルラップルは、嘆息一つ。

「……私の見た目を気にせずこの威力を叩《たた》き込む根性は、あっぱれなの。一本は一本なの。先へ進むといいの」

「そういうことなら、遠慮なく進ませてもらうが……今のを喰《く》らってノーダメージなのか……？　かなり思い切り入れたつもりだったのだが……」

幼女で魔王とはどういうことなのか気になるところではあったが、先に行ったヒマワリやヒデオに追い付くことも考慮して、ミサキは先を急ぐことにした。

長い黒髪をなびかせる後ろ姿を見送ったリップルラップルは、こくこくと頷く。

「……まさか、妹が言っていた相手にドンピシャでぶつかるとは思っていなかったの。そんな人間が聖魔杯に優勝して世界をいいようにするとなったら、未来からの干渉ということになるの。これは、少し真剣に考えなければならなくなったの……」

◆

《さあかつて聖魔グランプリでデッドヒートが行われた山頂ルートに、ここでまさかの雨！　歴史は繰り返すというのかーっ⁉　四輪はまだしも二輪車の氷川《ひかわ》・青山《あおやま》ペアは厳しい！　この曲がりくねった峠道で地獄のようなチョッパーはなお厳しいぞ！　そこに容赦なくショック弾を撃ち込む我が社取り立て部隊は完全に何かのデス・ロード状態！　ただの殺人行為だぁッ……!!》

「カッコの実況は盛り上がるなぁ……初々しさではマッケンリーさんとこのサベリちゃんに譲るけど、まあそれは仕方ない。うちのカッコは場数が違うんだよ。いわば磨いてきたタレントとしてのスキルが……」

と、暢気《のんき》に中継を見ていた鈴蘭を、オペレーターメイドが振り返った。

「総帥、運営サイドから士郎君とアリスちゃんが敗退したという連絡が入りました。勝負の相手はヒマ☆姫ペアのヒマワリだそうです」

「そっか……」

鈴蘭はさほど驚きはせず、腕組みしたまま事実を受け入れた。最終防衛ラインにいた士郎は、ヒマワリがリップルラップルのところに現れたと知るや否や、アリスを置いて飛び出していったという。一方のアリスはヒマワリに心酔していたようだったから、本気で戦うことを決意していた彼なりの、アリスへの気遣いだったのかもしれない。

この小大会自体は魔殺商会側は主催であり、参加者ではない。ゆえに士郎たちは本来、勝ち負け関係のない立場だったが……彼らの因縁を考えれば、それでは収まりも悪かったのに違いない。

鈴蘭も覆面たちには、士郎の勝負には手を出さぬよう通達していたので、詳細はわからなかったが……。

「映像はある？」

「そう言われると思って、先ほどから確認しているのですが……どうも撮影はされていなかったようです」

鈴蘭は、ふむ、と口元に手をやった。

「……初日のヒマ☆姫ペアの勝負もそうだったよね。人が集まらないからってカッコを別な中継に引き抜いちゃったのは私の落ち度だけど、ひょっとして意図的に消されてるのかな……？」

ふと。

「敗退したってことは誰かがジャッジしたってことだよね？　ジャッジの名前は？」

「はい……、スズカという女性のジャッジです」

「ああ、スズカちゃんか」

鈴蘭はオペレーターのコンソールを借りてデータベースにアクセスする。

参加者名ヒマワリ。で、過去の戦歴を調べる。

すると最初の最初。ルール・オブ・ルーラーに参加登録したその日の桐原士郎戦からこっち、ヒマワリの勝負にはほとんど全てスズカがジャッジについていた。

もちろん大きな勝負……宝探しゲームやバトルロイヤルのときなどは一人ではカバーしきれないため他のジャッジも多数参加しているが、普通はイカサマやヤオチョウやエコヒイキのないよう、今大会ではもう少しランダムにジャッジがつく……ようになっているはずであった。

とはいえ、ヒマワリ自身は過去にそんな何十勝負もしているわけではないので、まだ偶然と言えば偶然で片付けられる範囲でもある。たとえば新ほたるで少年ギャングがやっている『パーティー』と呼ばれる集会では、一夜を通して何組ものバトルが組まれるため、たまたまスズカがジャッジに出ていた晩にヒマワリの方が参加した、と見て取ることもできる。

（……そう言えばさいご地品評会の時も、ヒマワリちゃんとプラチナちゃんと一緒にスズカちゃんが一緒だったな……）

「総帥、何か気がかりなことでも？」

「うん……いや、思い過ごしかもしれないけど」

自分で言いながら笑った。ヒマワリという女の子に限って言えば、思い過ごしの一言で片付くような生半可な人物ではない。捕縛したロシアは無視を決め込み、アメリカも表向きそれに倣ったという話だが、裏ではどうだかわからない。

いま証拠がないだけで、新たに証拠が見付かったりすれば話は一気に逆転するだろう。たとえば、真実として一発で定着するように証拠をでっち上げるとか、ヒマワリではなくヒデオの方を拷問にかけて偽証させるとか、方法自体はいくらでもあるのだ。

そう考えれば、彼女はまだ、世界をひっくり返すだけの影響力を充分に持っていると言えた。未来から来たという話が事実なら、同じく未来から来たというミサキ・カグヤという少女のことも含めて。ならば士郎を脅してきたナンバー・ゼロ、ゼネフ以外にも、誰が何を企てていてもおかしくはないのだ。

（ま。そんな相手でも、損得勘定抜きでみすみす逃がしちゃうのが、ヒデオ君のいいところ……なんだろうなぁ……）

「総帥、川村ヒデオが姿を現しました！」

「狩れッ!!」

⑦

ヒデオは負傷したヒマワリを連れたまま、山頂近くでじっと茂みに身を潜めていた。

（……）

あれから四年。全権代行の姿を追ってミサキと行動を共にすることが幾度かあった。そのつど、足手まといにならぬようにと簡易な戦闘訓練を課せられた。

まあ実際の戦闘能力や体力に関しては神霊班にいた頃、睡蓮《すいれん》に付けられた稽古の範囲を越えることはなかったが、匍匐《ほふく》前進だけはしっかり身に付けていた。要するに見付からなければ戦わなくて済むのだ。

そういう、自分で正しいと感じられる目的の明確さが、自信にも繫《つな》がっていた。

〝ああ、マスターが人も殴れないうちから護身を完成させたつもりになっています……〟

〝問題は、見付かってしまったらどうするかってことよねぇ〟

と、ノアレは言う。すでにゴールも見えている距離だが、ゴールのゲートをくぐるには、姿を晒《さら》さなければならない。そしてもちろん、魔殺商会側のガードはそこが一番厳重だ。

そうして少し考えあぐねているうちに、警備する覆面たちの雰囲気が明らかに変わり始めた。空気が張り詰め、背後にも人の気配を感じるようになった。

〝向こうはもう気付いているわよ、ヒデオ。囲まれたわ〟

マックルの警告は端的。敵は銃で武装している。魔導性のショック弾頭は、意識にショックを与える弾丸だ。手足ならまだしも、頭に喰らったりすればその一発で昏倒《こんとう》する危険性がある。

この局面を、いかに切り抜けるか。

「……あー……。うー……」

大怪我をして血を失っているヒマワリは、あたかも五時限目の高校生のようにうつらうつらしている。

《あ。あーあー、てすてす。本日は雨雲なり……》

鈴蘭の声だった。ゴールのすぐ手前に、マイク片手、アサルトライフルを肩から下げた姿で仁王立ちしている。

《ヒデオ君、そこにいるのはわかっている。コソコソ隠れていないで、出てきたまえ》

不可能だ。姿を見せた瞬間、交渉もなく撃ってくるに決まっている。彼女はそういう人で、覆面やメイドはそういう命令ほど忠実に実行する人たちだ。

ショック弾頭に貫通性能はない。着弾点で魔導性の小爆発を起こす弾丸だから、こうしてささやかな藪《やぶ》や茂みに隠れるだけでもバリケードとしては充分だ。

《まあこれまで何組かはここを通してあげたよ。さすがに一人もクリアできないんじゃ盛り上がりにも欠けるし、最初からクリアさせる気のないイカサマゲームだと思われちゃうからね》

クリアさせる気があったことにむしろ驚いた。

《でも君は別だよ、ヒデオ君。この都市に正義なんて必要ない。それは君や勇者みたいな一部の人間がそう思っていればいいだけのものなんだよ。なぜかわかる？　本当に正しいものは外の世界にあるからだ。一人ひとりが何の変哲もなく普通に暮らしてることが正義なんだよ》

（……）

確かに、この都市には法というものがない。故に自由で、各々は自己の良識によってのみ行動し、些細《ささい》な常識のズレが思いがけないコミュニケーションに発展することもある。それが面白さ、それが楽しさ、それが彼女がこの都市に求める理想なのだろう。

「だが」

〝ちょ、ますたー!?〟

ウィル子の制止を気にせず、ヒデオは姿を現した。途端、鈴蘭が片手を上げる。待ち構えていた魔殺商会の戦闘員らが、一斉にヒデオへ照準を合わせる。一顧だにせずヒデオは進み出た。

「……だが、あなたは。やりすぎだ」

《何がだい》

ただ正義に殉ずるつもりで出たのではない。

雨は強くなり、雲は厚く、空は暗く、正確な日没が判別できない。

それでも制限時間が間際に迫っているということは、まだゴールしていない者たちがこれからの時間に殺到する可能性もあるということ。ケレン味が大好きな鈴蘭は、会話でこちらを屈服させたがっている。ならばその会話に付き合ってやることで、一斉射の号令までは時間を稼げる。いま、ゴール前がこういう状況であることを他の参加者に気付かせることで、何らかの不確定要素が生まれるかもしれない。

〝たられればだらけじゃないの〟

〝作戦というより、お祈りね〟

ノアレとマックルが言うが、そうでもない。

〝そういえば前回大会も、大佐との第一戦は完全に運任せだったのです……〟

そう、勝率ゼロから勝利したのだ。今回もベットとしては同じ形だ。

包囲された今はゼロだとしても、時間を稼いだ分だけ勝率は上げられる。

少なくともミサキやヒマワリは、ここでゴールしないような、言うなれば聖魔杯で敗退するようなタマではあるまい。なんとなく、そう思う。

「……悪は、まだいい」

ヒデオは言った。

「悪とは本来、恐ろしく強いことの意味だ……、と。ほむらさんが言っていた」

《えっ……ほむらさんが？　へえ》

魔殺商会にいる鬼の名前に、鈴蘭が一目置く。

「だから。悪党だろうと、正義だろうと。強い者を、強さでねじ伏せるあなたたちには魅力があった」

《いやぁ、まあそれほどでも……あるよね！》

まんざらでもなく胸を張る鈴蘭に、ヒデオは続けた。

「だが。純粋な気持ちで桐原士郎を応援したい女の子たちに、高額なグッズを売りつけたり。そういう子に軽い気持ちで金を借りさせたりするのは、ただの詐欺だ」

《さっ……詐欺じゃないいやい！　なんだ言うに事欠いて、ちゃんとモノはいいんだぞ！》

「力のない人を、力で脅すのは。ただのいじめだと、言っているのです」

《う……いや……そんなまともな正論を言われても困るというか……、向こうだって本戦まで来た参加者なんだから言うほど弱くもないっていうか、そうやって有利に立ち回るのが参加者である私自身の作戦であって……》

激しい雨音に混ざってヘリが、クルマやバイクのような爆音とともに近付いてくるのが聞こえる。状況が迫る。

「総帥！　後方集団に最終防衛ラインを突破されました！」

「会長、いま下からギャッ!?」

「フハハハハハハ!!　吼《ほ》えよ剣!!」

ミサキの声が聞こえた。

「二天一刀超一流斉の私にかかれば貴様らのアタマなどスイカ同然だ！」

「あ、ミサキ……」

「なんだヒマワリ、まだそんなところにいたのか。とっくにゴールしていると思ったが……まあいい、実際戦ってみたら覆面などなんてことのないザコだったぞ。幼女魔王を打ち倒して魔剣を手に入れた今の私は無敵だからな。雨も降ってきたしさっさと行くぞ」

「……なんでそんなに元気なんですか……」

てくてく、ヒマワリの手を引いたミサキが、意気揚々とヒデオの前を横切っていく。

「はっはっは！　あとはこの私に任せろ川村ヒデオ！　今宵《こよい》のブラックカノンはまだまだ血を欲してい」

「イェアッハァーッツッ!!!　氷川研道《けんどう》ｗｉｔｈスペシャル丸がｆｒｏｍヘルから参上だぜオルルァアアアッ!!!」

森の中から泥を蹴り立ててジャンプしたバイクが着地とともにスリップし、横倒しになってヒマワリとミサキをはね飛ばした。

「あっゴッメーンヒマワリちゃんいたの。いやー気付かなくってメンゴメンゴー、さすがのてめーもスペシャル丸ｆｒｏｍヘルの直撃を食らっちゃあ生きてはいめーよ。さあ水姫《みずき》さん、共に栄光のブライダルロードへＬｅｔ’ｓ……」

　振り返った氷川の先、着地と同時にバイクの後ろから放り出された水姫は、泥の上に綺《き》麗《れい》なバンザイのヘッドスライディングをした姿勢で動かなくなっていた。

「あら……水姫さーん……？　そんなところでクックロビンしてると綺麗なお顔に泥が」

　その氷川の背後から、獣のように目を輝かせたミサキとヒマワリが飛び掛かる。

「おっ、なっ、やんのかテメェこらっヒマワリィおぶっ、女二人でっごふっ、げほぁっいやそのっ雨っ、雨降ってっから今ウンディーネ最強でっ……！　おぶっ最強なんすけどぉっだから、バットは！　バットは勘弁してください！　ハンマーとかマジちょっ人に向けたら危ないんであがっすんません！　マジすんませんした！　二度としませんから！　許してください！　許してください！　許してください！　あっ！　ああっふっ……!!」

（……。）

　女の子二人がバットで、ハンマーで、無言で、真顔で、一人の人間をひたすらに殴り続ける様を何にたとえればいいのだろうか。

〝……肉叩《たた》き？〟

〝そのまま過ぎるわよ〟

〝あー。なんでしょうね……〟

マックルの言葉を評したノアレに、ウィル子がどう言ったものか困った様子であったが、いよいよ鈴蘭がマイクに向かって唾を飛ばした。
《カグヤちゃん⁉　ヒマワリちゃん⁉　その子！　その子死んじゃうよ⁉　そういうことするとダメなんだよ‼︎⁉︎》
するとニ人は殴るのも面倒になったように得物を捨てて、すでに動かなくなった氷川を足で蹴り始めた。
《いやそういうことじゃなくて！　も、もういい、撃て撃て！　借金とかよりこの小大会で不祥事を出しちゃだめーっ……‼》
かくして覆面といわずメイドといわず凄惨なリンチをやめさせるためにヒマ☆姫ペアを狙うが、ヒマワリは身を低くして木の陰に滑り込む。一方のミサキはその陰から握り拳大の石を拾って、投げて、攻撃し始める始末。
《うわ……すごい……やばい、なんなのあの子たち。おかしい。怖い》
〝ヒデオ、いけるわよ〟
マックルの呼びかけに応え、ヒデオは横に跳んだ。鈴蘭の意識がヒマワリたちに釘付《くぎづ》けとなった隙に、投石で倒れた覆面から拳銃を奪い取った。
《まずい！　後ろだ！》

気付いた鈴蘭が戦闘員へ叫ぶより早く、ヒデオは狙うことに意識を集中した。

振り返る覆面やヘッドドレス付きの頭を照星でなぞるように引き金を引いていく。

撃ち出された全てのショック弾頭が。寸分の狂いなく覆面や、ヘッドドレスをした頭のど真ん中に命中する。それが、銃の精霊《カミ》の加護である。彼ら彼女らの魔導皮膜付きの装備だろうと、直接頭部にそれを受ければ膝をつくくらいのダメージにはなる。

「っ……」

ただしその奇跡は、相応の精神的エネルギーを対価としてなされるものだ。ややも意識が遠のきかけたところへ。

《ちょーしに乗るなっ！》

鈴蘭からのバースト射撃をまともに胴体に食らって、ヒデオは倒れた。

格好付けずに、奪った銃をそのままミサキたちへ放るのが正解だっただろうか。

〝そうでもないようです、マスター……！〟

ウィル子の声は遠かったが、今しがた自分が撃った覆面たちから、ミサキとヒマワリが銃を拾い上げる姿が見えた気がした。

激しい銃声と。

「もーっ!!　ウンディーネーっ!!」

怒ったような水姫の声と。

《うわーんチートだぁ⁉》

慌てふためく鈴蘭の声と。

（……それを。チートというならば……）

それを使用可能な状況まで漕《こ》ぎ着《つ》けることができた、参加者側の勝利だ。

そう言い返してやりたかったが、ヒデオはなぜ自分が山の中で溺れているのかもわからぬまま激しい濁流に飲み込まれ、ゴールへと押し流されていった。

《ご覧いただけますでしょうか！　聖魔山山頂で突如発生した山津波により、トライアルチャレンジのゴールは跡形もなく押し流され、甚大な被害を……え？　山津波ってそういう意味じゃない？　まあいいや、果たして生きてゴールできた参加者はいるのか⁉　そして水に浸《つ》かった借用書は無事なのか⁉　様々な謎を残したまま、いま日没！　夜の帳《とばり》とともに聖魔山トライアルチャレンジ、終了だぁッ——‼》

中継ヘリの羽ばたく音が、夜の聖魔山を旋回していった。

第六話
それぞれが背負うもの

①

数日後。ヒマワリの病室。

「なんでセンパイあんなに強いんですか」

アリスが見舞客用の椅子に、背もたれを前にして跨《また》り、不服そうな顔をしている。

「いえ……。なんで、って言われても……」

「言っちゃなんですけど私、戦うために生み出されたようなものなんですよ。それに先輩は知らないでしょうけど、精霊の庭っていう精霊だらけの世界に行って、火と水と土と風の、四人の精霊王からもお墨付きをもらったんです。私は人であると同時に光の精霊で……」

「木島《きじま》さん、あんまりよくわからないクスリを使うのは……」

「違いますよ！　なに本気で心配そうな顔してるんですか⁉」

アリスは自分が持ってきたフルーツ詰め合わせの中からバナナをもぎ取って、自分で食べ始めた。

「その私が本気で戦ったら、最強のはずじゃないですか。どうしてその私より日向《ひゅうが》先輩が強いのかって話です」

「それは経験の差ですよ。いきなり銃を持ったからって、使えるかどうかは別の話です。使用方法を正しく覚えた上で、状況に応じた対応を身に着けないと。勇者だってレベル1じゃ魔王には勝てませんよ」

意外と納得できたようにアリスが黙ってしまった。

そしてアリスに連れてこられるがまま、ここに来てからずーっと無言でドアの横に立っていた士郎《しろう》は、思わず口を開いた。

「……修羅場の数なら俺だって負けていない」

「だから、桐原《きりはら》君の場合は性能差です。村人がいくらレベルを上げても村人なんですよ」

実際、全力を尽くして負けてしまった士郎は、歯噛《はが》みしたままぐうとも言えなくなった。

強いて言えば父が元プロレスラーというくらいで、伝説の勇者の血筋だとか、呪われしなんとかの末裔《まつえい》だとか、何か謂《いわ》れのある家系というわけではない。

窓際に立つミサキが呆《あき》れたように言った。

「せっかく見舞いに来てくれた友達を煽るんじゃない」

「……そんなつもりはありませんよ。私は事実をわかりやすく言っただけで」

それを煽っているのだということに気付かぬヒマワリを指差しながら、ミサキが士郎とアリスへ言った。

「お前たち、よくこんなのと友達になったな」

改めてそう問われると、答えに窮した士郎は髪を掻《か》いた。

「友達かと言われると、素直には頷《うなず》けないがな。この怪我が元でこいつが死んだところで、俺は涙も流さないだろう。そんな奴が友達と言えるか？」

すると、まだその腕に分厚く包帯を巻いたままのヒマワリは、いつものように笑いもせずに頷いた。

「どっちでもいいですよ。私は桐原君のことは好きじゃありませんけど、見ず知らずの仲というわけでもありません。最初に夜の街で会ったあの日から、そういう印象はあんまり変わっていません」

結局、勝ったから、負けたから、だから何だという賭け事の勝負ではなかった。士郎自身は母の命という事情を引き金に復讐心《ふくしゆうしん》に駆られたが、結局のところ倫理的な死生観を脱することができないまま負けた。こうも軽くいなされたのでは、完全な一人相撲だ。

士郎はそんな自分を省みて、呆《あき》れを通り越し、苛立《いらだ》ち混じりの溜息《ためいき》をついた。

「……あのな。いいか、俺はお前を殺そうとしたんだぞ。だからってのうのうとこんなところに顔を出している俺も俺だが、お前ももう少し何か……」

「世界中の軍隊が四年以上前から私を殺そうとしています。でも、私はいちいちその一人ひとりを憎んだりはしていません」

「……っ」

殴り付けられたような思いで絶句した。

ヒマワリは続ける。

「桐原君にとっては四年前からのことなのかもしれませんけど、私は四年以上前からテロを起こし続けて来たんです。桐原君より怒ったり泣いたりしている人をたくさん知っています」

そういうことだ。きっとそうなのだろう。

彼女にとっては誰かを殺された恨みなど、今さらのことでしかないのだろう。

「南米の方のアジトでご飯を食べていた時、どーんって大きな音がして何かと思ったら、家族を殺されたっていう男の人が来て自爆したんだそうです。怖いなって思いました。でも、それだけです。私たちは、へー、とか、わーぉ、とか言いながら食事を続けて、その日のうちにアジトを引き払いました」

それほどの怒りと憎しみを知る彼女に対し、一体何をどうすれば伝えられるのだろう。

ギャングが殴ったり蹴ったり脅したところで、顔色一つ変わらないのは当然ではないか。

だったら、軍隊のようにいきなり襲撃して射殺するしかないのか？

「それで、私は思うんです。少なくとも桐原君はその人ほど怖くありませんし、そうなるべきじゃありません。桐原君は私の人生が逃げ続けて恨まれ続けるだけだって心配してくれましたけど、私も桐原君ならもっと、暴力以外のずっと相応《ふさわ》しい生き方や、世界に対するアプローチの方法があると思うんです」

「お前たちがやってきたことも、その男と同じことじゃないのか……？」

無力な。他愛《たあい》のない。

「そうかもしれません。でもそれを愚かだと思うのなら、桐原君も、誰かを殴って意見を変えさせようなんて真似はやめるべきです。暴力に頼るなら、私も、その男の人も、桐原君も、同じことなんですよ」

言い返せない。

「……それでもお前は、それを過ちだとは考えないんだな」

「文句があるなら、私を殺せばいいんです」

言い返せなかった。

負けたからだ。殺せなかったからだ。

本人同士が絶対的に正しいと信じた上で、その信念を曲げなかった結果として、ならばあとは何が優劣をつけるかといったら、それがヒマワリ曰《いわ》く性能差でしかなかったという話だ。

「……わかった」

「？　何がですか？」

瞬《まばた》きするヒマワリへ、士郎はまっすぐに告げた。

「俺の負けだ。お前のやったことが許されるとは思っていないが、俺は力で勝てなかったし、力以外でお前の意見を変えさせる方法も思い付かない。勝てる気がしない」

「そうですか」

「だが……俺は軍隊と違って、こうして話をできる程度にはお前と顔見知りだ。何かあれば、またこうして会話くらいはさせて欲しいんだが、どうだ？」

目を丸くするヒマワリへ、士郎は思ったままの言葉を続けた。

「お前はお前のしてきたことを正しいと信じているし、未来を変えるという目的も諦めるつもりはないんだろう。俺も同じだ。こうしてテロリストとしての本当のお前と話してみて、お前のしたことは間違っていると思うが、お前本人はそこまで歪《ゆが》んだ人間のようには思えないんだ」

「……」

「もしもこの先、お前がテロも辞さないというなら俺はそれを阻止できないかもしれない。だとしても……そのときに、お前がそれ以外の道も選べる可能性があるのなら、それについては協力させてくれないか」

四年前の過去についてはどうすることもできなかったが。四年経った今、真実を知ってなお裁くだけの力もなかったが……未来についてならば、暴力に頼らぬ形でならば、彼女に対してできることもあるはずだ。

「そのための対話のようなものは、続けさせてくれ。勝手に殺そうとして勝手に負けて、ムシのいい話ということは百も承知だ。それでも俺は、……俺も、お前にはもっと相応しい生き方があると思うんだ。そのための会話を続けさせてくれないか」

「……」

丸くしたままのヒマワリの目から、ぽろりと涙がこぼれた。

周りも驚いたが、誰よりも驚いたのはそれに気付いたヒマワリ本人だった。

「あれ……なんで私……。あの……」

患者服の袖で涙を拭って、ヒマワリが言う。

「……その……。桐原君のような人は政治家なんかの表舞台よりも、国連内部とかで戦うべき人だと思います……。……なんか、また変なこと言ってますね、私……」

「そうか。国連も悪くないかもな。覚えておく」

士郎はそう言いながら、自然と自分の口元が緩むのを感じた。よくわからなかったが、いろいろな胸のわだかまりが解けるような感じがした。

椅子の背もたれに頬杖《ほおづえ》突いていたアリスが言う。

「仲直りできてよかったですね」

「そういうつもりはないが……日向があまりにも泰然自若としているおかげで、何かが変わったような気もしないのは確かだな」

この病室に入るにもそれなりに覚悟をしていた士郎は、その日もう何度目になるかもわからない溜息をついた。

そしてかつてのチームメイト同士で話が終わるのを待っていたのだろう、手持ち無沙汰なように静かにリンゴを剝《む》いていたミサキが、その皿をヒマワリの膝の上に置いた。

「話が一段落したのなら、私からも少し聞かせて欲しいのだが。桐原士郎」

「ああ、そうだな……蚊帳《かや》の外に置くような真似をしてすまなかった。なんでも聞いてくれ」

「まず、人質に取られたというお前の母親のことだが」

「それが……お袋に何かあれば、すぐに親父から連絡があるはずなんだが、今のところはまだ何もない。魔殺商会の総帥もその施設に探りを入れてくれているらしいが、特に変わった様子はないそうだ」

　切り分けられたリンゴを手にして、ヒマワリが言う。

「出任せで担がれた……ってことですか？」

「いや、出任せにしてはあの女の話は真に迫っていた……もしそのときに話を断っていたら、実際に何らかの危害を加えられた可能性もあったんじゃないかと俺は考えている」

　ミサキはさらに問いかける。

「お前に話を持ってきたその女は、何者だ？」

「名前は名乗らなかったが、ゼネフというやつをサマ付けで呼んでいた。モール付きの赤い軍服……パレードで旗やバトンを振るカラーガードがいるだろう。あんなような格好をしていた。直立しているところを見たわけじゃないが、手脚の長い印象を受けた。帽子を脱いでも背丈は一八〇はあったように思う。あとは金髪……くらいか。まあ目付きや喋《しゃべ》り方《かた》に癖があったし、ひと目見れば異様な感じがするのは確かだ」

　ふむ、とミサキは頷く。

「詳しいな」

「親の立場もあってな。自己紹介もなしに話を振ってくるような奴には用心しているってだけだ」

「なるほどな。リョギ・ダクラの証言と一致する部分もある。それだけ特徴がわかれば、会えば一発でわかるだろう。参考にさせてもらう」

それからヒマワリの様子に気付き。

「お前も呑気《のんき》にリンゴなんか食ってないで、寝首を掻かれないように気を付けろ」

「な……。ミサキが剝いて渡したんじゃないですか……」

心外そうなヒマワリの横からリンゴを一切れ摘み、アリスが言った。

「先輩たち、その、ゼネフって人を見付けたらどうするんですか？」

リンゴを飲み込んでヒマワリが答える。

「それは会ってみないとわかりません。ゼネフの正体も含めて、確認するべきことがたくさんあります。でも、まずはどうすれば確実なコンタクトが取れるかです。今のところは桐原君に接触してきた人が、唯一確実な手がかりです」

「わかった、そういうことなら俺の方でも気に留めておく。向こうから声をかけてくることはもうないだろうが、担がれた礼ぐらいは言ってやりたいからな」

言って、士郎はふと時計に目をやった。

「……っと、怪我人なのに長居して悪かったな。もうバイトの時間だ」

「そうですか。大変ですね。でもよりによって借金取りなんて……」

他人事のように言ってリンゴをぱくりとするヒマワリに、アリスが肩を落とす。

「あのねセンパイ……」

「な……なんですか、木島さん……」

「私たちがあの会社で働かされてるのって、捕まった先輩を探そうとしたからだってわかってますか？」

「……そうなんですか？」

そうなのだが、士郎としてもバツが悪く。

「お前の居所を聞くために、あの総師と勝負をした。で、負けた」

「それは……大変でしたね。ちなみに捕まえたのはこのミサキなんですけど……」

「私に責任転嫁をするな」

ミサキに怒られるヒマワリを見て、アリスは小さく笑った。

「まあ、いいです。桐原君はああ言いましたけど、私は日向先輩のことを尊敬してるし、私たち三人は友達だって思ってます。だから先輩に何かあれば心配するし、困ってるなら助けたいって思います」

「……でも……、私は……」

口籠もるヒマワリを見た士郎は、今日に至るまでの全ての彼女と、この都市で知り得た彼女の情報の全てを思い起こし、思った。

この女は根暗だとか、コミュニケーションが苦手だというのではなく。

ただ単純に、この世界、時代、そのものに対して壁を作り一線を引いているのかもしれないと。

どんな相手とでも変わらぬ態度で対等に会話できるのに、誰とも仲良くなろうとしないのは、そういうことなのではないかと。

「とにかく、先輩が退院したらお祝いに一緒にご飯食べに行きますからね！　カグヤちゃんと桐原君もいいですよね？」

「呼んでもらえるなら、もちろん私は参加させてもらうが」

ミサキが言い、視線が士郎の方へ集まる。

「……ああ。俺も別に構わない」

言葉は存外素直に出て、アリスが満面の笑みを浮かべた。

「よし、そうと決まればお仕事に行きますよ桐原君！」

「おい、引っ張るな……！　俺だってまだ折れた腕が完治したわけじゃ……！」

アリスに腕を引かれ、士郎は慌ただしく病室を後にする。

ルール・オブ・ルーラーは敗退し、四年前に死んだ仲間の仇《かたき》も取れなかったが、不思議と嫌な気持ちはしなかった。全権代行を追い詰めて手にかけることを考えるよりも、どうすればヒマワリにわかってもらえるかを考える方が、この時代の、今の世界に生きる一員として、正しいことのような気がしたのだ。

②

聖魔山トライアルチャレンジから、一週間後。

「まあ勝つには勝ったが、債務がなくなったというだけで儲《もう》かったわけではないのが問題だ」

「そこですね……」

ヒマワリはほんとに一週間で跡形もなく治ってしまったことに驚きながら、包帯の外れた腕を撫《な》でた。治療と言っても薬草と呼ばれるものを塗ってもらって、ポーションと呼ばれるものを飲んで、あとはよく食べて、よく寝るように言われて、そのように過ごしただけだった。薬草やポーションがいわゆるファンタジーな回復アイテムだったのだろう。

で、それはいいのだが、カネはないままだった。貯《た》まったのは勝利ポイントだけだ。

「ひひ……それでだけどねぇ、キミたちぃ……！」

新ほたるの病院にいたイヒヒ先生が、紙ペラ一枚を突き付けてきた。

「わわわわかっている！　わかっているともボクもこんな無粋な真似したくはないさぁ！　けど、ま、治療は治療だからねぇ……！」

診療費。治療費。入院費。雑費。その他諸々。含めて、五百万チケットの額面にミサキが眉根を寄せた。

「なんだこれは」

「せっせせせ請求書に決まっているだろぉ!?」

声高に主張するドクターにつられ、ミサキも声を大きくする。

「だが、参加者への治療行為は基本的に無料だとパンフレットには書いてあったぞ！」

「いやぁよく間違われるんだけど、ここはセンター前病院じゃないんだよねぇ……魔殺商会グループが運営する、私立病院なのさぁ！」

「あーそうかそうかまたそいつらか」

ミサキが心のこもらない声で平滑に吐き捨てた。

スズカが一週間で治ると言って入院の手続きをしてくれたのがこの病院だったわけだが、今さらヒマワリも驚かなかった。

「私もこの先生は、魔殺商会っぽいと思っていました」

「……冷静だねぇ、キミたち。ボクも仕事でやってるわけじゃないから、もうちょっとリアクションしてもらえないと寂しいんだけど」

「知るか。仕事でやれ」

目付き声付き鋭くするミサキの後に、ヒマワリは尋ねた。

「でもセンターの方の病院じゃ、一週間じゃ治らなかったんですよね？」

「まー治せないではないだろうけど、ここまでキレイには治らなかっただろうねぇ……ひひ。納得してくれたかい？」

どうあれ、治してくれたのは事実だ。

「しかし、だからと言ってだ、だったらいくらかかるかくらい事前に説明があっても良さそうなものではないか」

「いいですよ、ミサキ」

「……何がだ？」

「しびれが残ったり、動かせなくなったり、最悪切断まで覚悟していたのに、こんなに元通りに治してもらえたんです。私の方で何か方法がないか、工面してみますよ」

ミサキが驚いたように瞬《まばた》きしている。

「いいのか？」

「なんですか。恩は返せと言ったのはミサキじゃないですか」

「確かにそうは言ったが……。しかしこの場合は……」

「そう思うなら、もう少し自分を大事にした方がいいんじゃないのかい？　ヒマワリ君」

ドクターからの改まった口調に、ヒマワリは向き直った。

「前に診たときも思ったんだけどね……」

この先生に治してもらったのは、今回が初めてではない。その彼がカルテをめくりながらつぶさに言う。

「キミのカラダは少し特殊なようだけど、基本的には人間なんだよ。それを多少無茶が利くように改造してあるだけだ。魔族や魔人のようにそもそものキャパシティが大きいわけじゃない。人間という少ないマージンの中でやりくりしているから、無茶をさせている分は他にしわ寄せがあるんだよ。言い換えるなら、そういうしわ寄せをさせることで、キミは超人的なバイタリティを発揮できるようになっているんだ。だから……」

「わかっています。全て理解しています。……いえ、魔族とか魔人とかいうのはよくわかりませんけど、自分のことについては把握していますよ。わかった上でやっているんです」

「そうかい。なら、いいんだけどね……」

どこか諦観を感じさせるように、ドクターが小さく笑った。

「先生こそ、そういうのがわかるんですね」

「ひひ。こう見えてイロイロなものを見てきたし、弄り回してきているからねぇ……。なに、個人情報だから他の誰にも漏らしてはいないよ。その点は安心してくれていいさ」

改めてカルテを机に戻す。

「ああ……ちなみにヒマワリ君。そっちのカグヤ君でもいいけどね」

「なんですか？」

「なんだ？」

「ドリル……！　い、いや、ここまでの話の流れで女の子にドリルはないな……そう、女の子であればやはり光り物だ……」

そして踏ん切りをつけたように言い放つ。

「つまり、キミたちのカラダにレーザーカッターやビームブレードを内蔵する権利を一つにつき百万チケットでボクが購入しようと言ったらどうするつもりだいッッイイッイイイヒヒヒヒヒイィィッ!!?　五つのパーツで今回の治療費はなんと無料！　そこからさらに一パーツつけるごとに君たちは百万チケットを」

ミサキは真顔で首を傾げた。

「ああ、サイボーグ化ということか？　できるのか？　権利はいいがパーツ自体の料金は別になるのか？　施術にかかる期間はどのくらいだ？」

ヒマワリは真顔でミサキと同じ方向に首を傾げた。

「だから、それのスペックはどうなんですか。消費エネルギー量と出力、パーツ重量です。咄嗟《とっさ》に動きたい時にハンデになるのは困りますし、かといってレーザーポインターなんか付けてもしょうがないいんですよ。あとメンテサイクルも……」

「うん……まあ、なんだ……治療費はまけてあげるから、怪我をしたらまた来なさい」

◆

病院を出た。クレゾールの清潔な感じがしない、シャバの空気だった。

空は青く高く、一週間前に雨雲の下を駆けた聖魔山の方にのみ濃い白い雲が見える。

「退院祝いは夜だと木島アリスが言っていたな」

「そうですね……あとは桐原君のお母さんに何もなければいいんですけど」

《彼ではあなたたちを殺害できないことが証明されたのです。今さら彼の母親の容態を悪

化させても、何のメリットもありません》
うぃーむ、と近付いてきたボットを、ヒマワリは蹴って転ばせた。
もうミサキも溜息《ためいき》をつくだけでいちいち言わなくなったが、ゼネフの方もいちいち言わずにマニピュレーターで姿勢を元に戻した。
失敗したら殺すぞと脅しておいて、失敗したら人質に意味などないという。それは実際その通りにせよ、だとしたら。
「つまり、最初から殺すつもりなんてなかったんですね」
《当たり前です。私はあなたとは違うのです》
ボットが偉そうに姿勢に仰角を付けた。
「ふん、人の弱みに付け込んでおいて何を威張っている。結局貴様はまた失敗したのだ」
《違います。データを収集したのです》
「相変わらず口の減らないロボットですね……」
《例えばヒマワリ。あなたは顔に表さないだけで、些細《ささい》な事にも感情を大きく変動させることがあります。また、ミサキは状況に流され悪ノリをするクセがあります》
思い当たるフシがあってヒマワリがミサキを見ると、ミサキが同じような顔してこちらを見ていた。

「私はいつだって冷静ですよ。こんなのはゼネフの心理的な揺さぶりです」

「何も言っていないだろう。そんな言葉をいちいち相手にするから、そういうことを言われるのだ」

……。

ここでボットを蹴るとまた何か言われそうだと冷静に判断したヒマワリは、何もしないことを選んだ。

《私やミサキに指摘されなければ、あなたは今のタイミングでこの機体を蹴っていたはずです。ですが私はいまそれを明かしたことで、この機体を蹴らないようあなたをコントロールしたのです》

「……」

蹴ったら負ける気がする。そのように思うことも負けている気がする。

それをわざわざ下から覗《のぞ》き込むように。

《あなたは今、大変なストレスを感じていますねヒマワリ？　そういうデータが得られたということです。精神的に幼稚なあなたたちに対して有効なのは、暴力よりも知的で理性的なアプローチのようです》

「「……。」」

ミサキと一緒に蹴った。ごろんごろん。うぃーむ。

《見なさい。理性や感情のコントロールは容易ではありません。少なくともあなたたちがこの短い大会期間中に対策を施すことは不可能でしょう。データを蓄積し優位差をつけていく私に対して、あなたたちはただストレスを感じ、神経を衰弱させていくしかないのです》

まるで勝利宣言のように言いたいだけ言うと、パトロールボットは我に返ったようにカメラを旋回させ、パトロールコースに戻っていった。

「ほら見ろ。煽《あお》り耐性がないから、ああいうことを言われるんだ」

「ミサキだって同じように言われてたじゃないですか」

「私は……状況を前向きに捉えているだけだ」

③

隔離空間都市。一日が終わろうとする夜景を見下ろす、センタービルの高層階。

「依頼された細胞組織の解析が終わりました。結果からよろしいですか」

「どうぞ、コマンダー・アクアマリン」

頬杖《ほおづえ》したままブランデーグラスを傾けたマッケンリーへ、制帽を小脇に抱えた少女はファイル片手に続けた。

「あの細胞組織の持ち主はこの世の者とは思えません。今この都市に集まっているレイスやマジンなどというファンタジーなものという意味ではなく、語弊を招く言い方になりますが……」

「いいよ、自由に形容してもらって」

「この時代のものとは思えません。まるで、未来のテクノロジーで改造されたような……あれは人間の細胞なのですか？　それとも何か別の……」

「複製はできるのかな？」

アクアマリンは首を横に振る。

「クローニングは不可能です。いかなる培養液に保存したものも全て同じ時間に、タイミングを計ったように自壊しました。冷凍したものはその時点で組織が破壊されました。まるでそうされることを拒否するよう、前もって設計されていたようにです。生命の神秘ではなく、人為的な作為を感じました。あれは一体……」

「真似て作ることは？」

マッケンリーがはぐらかすように、やや声を大きくする。

アクアマリンは意を決して頷いた。

「……その件でお願いがあります」

「何かな」

「もう一度、もっと大きなサイズのサンプルをいただきたいのです。ゲノムを全てデータ化できれば……」

「残念ながら私も、一週間ほど前に友人からもらったものでね。あれは何か、人類全体の飛躍に繋がるカギであるように思います！　それこそ、薬漬けの強化兵士などよりよほど……！」

「し……しかし、ろくに調べる時間はありませんでしたが、あれは何か、人類全体の飛躍に繋がるカギであるように思います！　それこそ、薬漬けの強化兵士などよりよほど……！」

「強化兵士か……そういうコンセプトのものは四年前に一度頓挫していてね。もっとも、あれはレイスパワーを用いたファンタジーな方面からのアプローチだったがね」

マッケンリーはブランデーグラスを傾けた。

「……結局は大勢を薬漬けにして銃を持たせた方がコストが安く、数を揃えられるから実用的なんだよ。ありがとう、その程度の報告であれば興味はない。ああ、もちろん調査費用については約束通り君の所属機関へ支払わせてもらおう。下がってもらって結構だ」

「お、お待ちください……！」

アクアマリンが食い下がると、まるで影像か何かのようにマッケンリーの左右に控えていた仮面にタキシード姿の男女が、絨毯《じゅうたん》の上を音もなく、滑るように歩み寄ってくる。

帝王の親衛隊。マスク・オブ・ヴェニスが、マッケンリーとの間を遮るように立つ。

遮ったまま、それが客人に対する礼節だと言わんばかりに直立不動で、帰れとも出て行けとも言わない。次に何か言えばつまみ出されるにせよ、アクアマリンは。

「さ、再生医療の飛躍的な発展が見込めます……！」

マッケンリーが指を鳴らすと、マスクの二人は音もなく、映像を逆再生するように後ろ向きに元の位置に戻っていった。

（……普段からそういう練習をしているのかしら……？）

「コマンダー・アクアマリン？」

「は、はい！　死滅するまでの短時間でしたが、ある環境に置いた細胞は驚異的な再生能力を発揮しました。肉体組織の再生はもちろん、サイボーグなどの無機物との接合にも応用できる……ような気がする、かもしれません。現状は、私の勘、ですが」

「いいじゃないか！　世界的な高齢化が進む今の時代は、純粋兵器より、医療福祉にも応用できるものが買いだよ。何せ高い金を出して兵器開発なんかしなくても、勝手に人が死にまくる時代が訪れようとしているんだからね」

言い方は最悪だとアクアマリンは思ったが、その無遠慮なまでの物の見方がこの男の強みだとも知っていた。

「そ、そうですか……では」

「ああ。その研究に出資しようじゃないか。ブレイブジャスティス前線司令官、コマンダー・アクアマリン。サンプルについても友人に相談しておくよ」

椅子を立ったマッケンリーが、ルール・オブ・ルーラーの繰り広げられる都市を見下ろす。

「……この大会が終わるまでには、君の望む通りの量を用意できるんじゃないかな」

「は、はい……！　ありがとうございます……！」

「そうそう、プラチナにもよろしく伝えてくれたまえ」

「はい……、わかりました」

アクアマリンは慇懃《いんぎん》に一礼をしてから退室し、大きく息を吐いた。

これで。

（……これでいつかは、プラチナの手脚も再生してあげられるかもしれない……）

そして実用化の目処《めど》が立てばもうマッケンリーに頭を下げたり、企業恐喝などというテロリストの真似事なんかしなくても資金繰りできるようになるかもしれない。

アクアマリンが前向きな気持ちで通路を歩いていると、向こうから自分と似たような小柄な背丈の、白衣姿の女の子が歩いてきた。左右にはボディーガードを引き連れている。

「……あれ？　アクアマリン姉さんじゃないですか」

「リンデンバーグちゃん……？」

右側のボディガードが尋ねる。

「博士って家族いたんですか？」

「いませんよ。同じ施設にいたんです。私は化学だけでしたけど、この人は電気がわかるし、機械もいじれますし、生物にもめっぽう強くて、理科学全般なんでもできるすごい人ですよ。サイバネティクスでこの人に敵う人間は存在しないんじゃないですかねぇ」

わかったようなわからないような感嘆の声を上げる部下を一瞥《いちべつ》して、リンデンバーグが改めて向き直る。

「……で。アクアマリン姉さんはまだ正義のなんとか組織をやってるんですか」

「正義執行機関、ブレイブジャスティスよ」

リンデンバーグが、今しがたアクアマリンの出てきた部屋へ視線を移す。

「あんな資本原理主義者みたいなオッサンからカネせびっておいて正義も何もあったもん

じゃないと思いますが、まあそれで助かったり喜んだりする人もいるんでしょうね。そもそも人間、自分が助かれば何だっていいんですよ。世知辛い世の中ですなー」

何もかも悟ったような辛辣《しんらつ》な物言いは変わらない様子だった。

「……そういうリンデンバーグちゃんこそ」

「私ですか？　最近はアルツハイマー病の治療薬とかやってますよ。オッサンがそういう福祉医療に利用できる方がウケがいいとか言うわけです。姉さんももっと人助けしろとか言われませんでしたか？」

「それは……言われたけど」

「ったくあのオッサン根が悪党でアホみたいな金持ちのくせに妙に庶民的な感覚を持っているんですよね」

それに関しては異論はなかった。大局的に見ればマッケンリーは巨悪であるが、彼が寄付をやめた途端に立ちゆかなくなる医療機関、福祉施設、児童基金などが山のようにあるのも事実だ。マッケンリーの行いは偽善かもしれないが、それによって生き存《ながら》えている人々は大勢いる。偽善だと笑うだけで誰も助けない人だって大勢いる。

そしてブレイブジャスティスは、理想を謳《うた》うことを目的とした善意の団体ではない。正義を行うことのみを正義とする、執行機関だ。

「じゃあ、もう人を苦しめるための薬を作ったり、人体実験をしたりなんかは……」

「ああ、そっちは趣味で続けてますよ」

ケロッとした顔でリンデンバーグは言い放った。

「大丈夫ですよ。死んでも何とも思われない人間とか、殺されても大して問題にされない人間とか、世の中には意外といるんですよ。ちゃんとそういうのを使ってるので安心してください。ここにいる二人も元はそういうのですけどね」

ボディーガードたちが会釈するが、アクアマリンは応じる気にはならなかった。

「アクアマリン姉さんもサイボーグの研究は続けてるんでしょう。プラチナさん、まだ元気ですか？　もし新しい実験体が必要なら……」

「プラチナは実験体なんかじゃないわ！　……いい加減、人間を物みたいに考えるのはやめたらどうなの。生命への冒瀆《ぼうとく》だわ」

「でもせっかく生きているのにただ刑務所に閉じ込めておいたり、ただ電気椅子に座らせたり、もったいないじゃないですか。資源の有効活用ですよ。今どきペットボトルだってリサイクルされるのに、人命に関してはただ殺すだけなんて方がよほど冒瀆的だと思いませんか？」

あまりにも会話が噛《か》み合わず、アクアマリンは黙ってリンデンバーグの横を通り過ぎようとした。

「あ、そうそう。アクアマリン姉さん」

「何かしら」

「前にあげたあれ、どうでしたか？」

何のことか咄嗟《とっさ》には思い当たらず、振り返る。誕生日プレゼントをやり取りするような間柄でもない。

「……何ももらった覚えはないけれど」

「どんな料理でもかけただけでおいしくなるような調味料はないかってアホみたいな相談されたんで、遊び半分で作ったんですよ。一応気になったんで行き先を追跡したら姉さんのところの研究施設に届いたようだったんですが……違いましたか？」

そこまで言われて、先般、確かにプラチナがそんなような話をしていたのを思い出した。

どうやらブレイブジャスティス内部で独自開発したものではなかったらしい。

「……リンデンバーグちゃんが作ったものだとは知らなかったけれど、プラチナは料理大会で優勝できたって喜んでいたわ」

「それは良かった」

リンデンバーグは満足げに小さく笑みを浮かべると、マッケンリーの部屋に入っていった。

「おいオッサーン、来てやりましたよー。用件は……」

世界広しといえども、今のマッケンリーをあのように呼び捨てられる人間はリンデンバーグくらいのものかもしれない。

彼女と自分は同じような手術を施された同じような実験体だが、何がどう違ったのか、彼女は悪を理解はしても、それを忌避しない考え方の持ち主になってしまった。

（……私は違う）

私は間違えない。才能の全てを正義のために使う。

四肢を失ったというある少女のため、自在に動かせる義手義足を製作するよう言われた。プラチナは天井を見つめたまま瞬《まばた》きもしないような女の子だったが、失った手脚を再び手に入れたことで、笑顔も一緒に取り戻した。その瞬間、自分は人殺しの道具を作るために生み出された悪魔の申し子ではないのだと気付かされた。才能の使い方次第では、誰かを笑顔にすることもできるのだと。現在、そのサイボーグ技術は〝組織〟のヘビーアーマーを始めとして当たり前のように兵器開発にも応用されているが、だとしても、あのときのプラチナの笑顔が悪だなどとなじる権利は誰にもない。

アクアマリンは先ほどマッケンリーの元へ持っていったファイルを開いた。

この未知の細胞が持つ再生能力が解明できれば、その遺伝子レベルの構造が解析できれば、多くの人々が肉体的な障害を克服するための手助けになるはずだ。そうすれば、もっと多くの人々に笑顔を取り戻すことができる。

「よし……！」

《……》

気合いを入れてエレベーターに乗るアクアマリンの横顔を、セキュリティボットの冷たいレンズが無言で見送っていた。

④

同じ頃。

場所は違って自然区の高台だが、隔離空間都市の夜景を見下ろす二人の女がいた。

「元老院からα号……と言ってもわかりませんか。木島アリスの監視を命じられているのです、この私は。もし闇使いの行動があと一秒でも遅れていれば、私がα号の首を斬り落としていたでしょう。あなたこそなぜここに？　こんな俗物的な行事に興味があるとは思いませんでしたよ」

修道女姿から向けられた金色の瞳を、巫女《みこ》装束の女は氷のような瞳で返す。

「もちろんわたくしはそんなものに興味などありません。ただ、姉が届け物をして欲しいと言うのでわざわざ来てやったのです」

「名護屋河鈴蘭《なごやかわすずらん》ですか。便利に使われたものですね、キリングマシーンともあろう者が」

「お前こそ元老院とやらの使い走りではありませんか、キリングマシーン」

今もどこぞで勝負と銘打って何ぞ行われているのか、賑《にぎ》やかな喧騒《けんそう》が夜風に運ばれてくる。

「それで、ここで待ち合わせしていると？」

「いえ。来れば連絡を寄越《よこ》すと言っていたのですが」

巾着袋から携帯電話を取り出した。

「最新型ですね」

「そうです。いい機会なのでヒューマノイド携帯から、まくＩＯＳエックスに乗り換えました」

言ってる間に、その姉から着信した。

「もしもし、姉上」

《あ、睡蓮《すいれん》？　もうこっち着いた？》

「もうとっくに着いています。それで、この届け物はどこに持っていけばいいのですか」
《あ、それは睡蓮が持ってればいいから》
「は？」
《それで睡蓮、仲のいい友達いたじゃない？　目のバチッとした、金髪で修道服着てるさ？　シシルちゃんだっけ。その子もこっちに来てるらしいから》
こっちというか隣にいる。
《一緒にチーム組んで、大会に参加してよ》
「何のですか」
《聖魔杯だよ、せいまはい。第二回ホーリー・デンジャラス・カップ。ルール・オブ・ルーラー。優勝して世界を支配するのは～……、睡蓮かも～っ!!》
「姉《あね》」
《どうした妹《いもうと》。温度差がすごすぎてちょっとビックリした》
「わたくしはその大会とやらのルールも知りませんし、姉上のようにヒマでもありません。いま現在、対策局ではナイトと美奈子《みなこ》が、ヒデオが探し当てたらしい四年前の占拠事件の実行犯を追って……」
《その実行犯もこの都市にいるから。あ、もちろんヒデオ君もいるし、あと……》

……。

「姉」

《妹》

そんな姉妹のやりとりを、奇妙な様子で窺《うかが》っていたシシルが言う。

「構いませんよ、この私は」

「家庭の事情に口を挟むなとまでは言いませんが、この姉を甘やかすことはやめてもらえませんか」

《あ、シシルちゃん一緒にいるの？》

「おりません」

「勝手に存在を否定しないでください」

睡蓮はそこまでのつもりで言ったわけではなかったが、シシルは気にした様子もなく続けた。

「この都市では大会の参加者、それも強い参加者が全てにおいて優先されるようにできています。全権代行とそれを利用した〝組織〟の存在、そこからまつわる人工精霊技術と、流出するトランス剤の出所。これらはあなたの機関が求めている情報そのものなのでは？」

そんなシシルの言葉が的確であるが故に、睡蓮は「余計なことを」と視線を鋭くした。

《ほら、シシルちゃんもそう言ってるし。ほんとは予選通過してないとダメなんだけど、ワケありチームとして遅れて会場入りしたってふうに根回しできてるから。センターで会場入りしたって申請だけお願いね。あ、もちろん私は睡蓮の味方で、睡蓮は私たちの味方だよ。それじゃシシルちゃん、もういい大人なのに戦うしか能のないふつつかな妹だけど、よろしくねーっ!!》

「姉ーッ!!」

睡蓮が堪忍袋の緒を切ると同時に、電話も切れた。そのあまりに絶妙なタイミングにまた腹が立つ。

「あなたにもそんなふうに感情を露わにする時があるとは驚きましたよ、この私も」

「ええそうでしょうわたくし自身なぜあれが自分の姉なのかと驚くことが未だに絶えませんん」

睡蓮は憤懣《ふんまん》を吐き出すように一息に言うと、スマホを巾着袋に収めながらシシルに向き直る。

「本当に参加するつもりですか？」

「肩書きがあった方が情報を集めやすいでしょう。バチカンから来た、ではここではいまいち通りが悪いので」

「先ほど言っていた、誰かの監視の方はもういいのですか？」

「失格した木島アリスは、もう暴走するほどの危機的状況に追い込まれることはないでしょう。あなたにそのつもりがないのであれば、名前だけ貸してください。あとは私が勝手にします」

シシルから差し出された手の平を睡蓮は不思議に思い、次に姉に言われて持ってきた物を思い出して封筒を開けた。中に入っていたプラスチック製のカードを見て、シシルが言う。

「恐らく、ＩＤカードですよ。ルール・オブ・ルーラーに参加するための。あなた名義の」

「……」

睡蓮は不本意ながら、目伏し肩を落とし、諦観の溜息《ためいき》一つ。

そのカードをシシルへは渡さず、自分の巾着の中にしまい込んだ。

「おや。参加するつもりですか」

瞬きして手を下ろしたシシルへ言う。

「別段、優勝しようというのではありません。お前と同じく話だけ聞いて回ったら帰ります」

「しかしそうなると、いっそ優勝してしまうのが全てを明かすには一番手っ取り早いのでは。支配者となれば、この大会を裏から画策している〝組織〟も手足同然にできるということです。実際……」

意味深長に一拍置いたシシルへ、睡蓮は視線を向ける。

「……実際、なんですか」

「本気になった私とあなたに、勝てる相手がいるとは思えません」

「……………」

片や神殺しの本流、名護屋河家の当代。

片や聖霊の加護を受けた、精霊殺しの撲滅者《クルセイダー》。

「つまり……あの姉すらも、わたくしの思うがままに……？」

「なるでしょう。ええ。なるでしょうとも。朝起きるとあなたのためにエプロンをつけパンケーキを焼いているくらい当たり前です」

姉の鈴蘭のことについてはとても魅力的な話に思えたが、どう考えてもあり得ない悪夢のようにも思えた。

「そして全ての宗教はカトリック教会に統一され、全人類はあるべき正しい姿へと戻るのです」

そういう教義があるのだろうくらいにしか睡蓮にはわからなかったが、シシルが胸の前で五指を組み合わせたまま、陶然とした様子で呟《つぶや》く。

「そう考えれば、これは思った以上に魅力的な大会なのでは？　ここで私たちが巡り合わせたのは、私たちこそ優勝せよとの聖霊のお導きなのでは？」

見開かれた金色の瞳に詰め寄られた睡蓮は、同じ分だけ後退《あとずさ》って答えた。

「……そう思うのはお前の勝手ですが、皮算用だけしていても仕方ありません。それで、まずはどこへ話を聞きに行くのですか」

「まずはセンターで申請しろ言っていましたよ、あなたの姉は。せっかくですからチーム名くらい決めておきましょう。優勝の目的を考えれば、何か神聖なものがいいでしょう。クロチアータ……アポストロ……トリニタ――……逆に、フルット・プロイビートのような少し穿《うが》った……」

指折り候補を挙げていくシシルであったが、睡蓮はふと思い出した。

「待ってください。名前なら確か、さっきのカードに何か……」

書かれていたのを思い出して、睡蓮は再びカードを取り出した。

『本戦参加資格証　みこみこシスターず☆』

「「……。」」

数秒後、シシルが先に切り出した。

「あなたの家庭の事情にとやかく言うつもりはないのですが、あなたの姉と少しお話をさせてください」

「奇遇ですね、わたくしもそうしたいと思っていたところです。ではまず姉を探しましょう。説教をするついでに川村《かわむら》ヒデオの居場所を聞き出し、そして川村ヒデオから全権代行の情報を聞き出せば良いでしょう」

「その後はもちろん優勝するのですね。世界人類のために」

睡蓮は小さく項垂《うなだ》れる。

「……あの姉には、それでいっそ修道院にでも入ってもらった方が、薬になるかもしれません」

「そうでしょう、ええきっとそうでしょう。神の愛はあなたの姉に対しても公同普遍なのですから。素晴らしい。素晴らしい」

巫女《みこ》と修道女の姿をした風変わりなペアが、ルール・オブ・ルーラーで加熱する都市を歩み始めた。

あとがき

書いてて思ったのですが、やはり同じ聖魔杯でもこれはヒマワリの物語のようです。私自身、『戦闘城塞マスラヲ』が好きなのでもうちょっとそっちに寄せられるかと思い、懲りずにまた短編構成を意識して書いたりしてみたのですが、ヒデオやウィル子と違ってヒマワリたちはすでに複雑な事情を抱えているので、同じようにはならないみたいです。

いや、書き始める前は短編いくつかくっつければ同じようになると思ったんです、割と真面目に本気で。気付け。まあ気付かないいんですけどね。

でまあ書きながらマスラヲを引っ張り出し、こんなこともあったなぁとか、こういう設定だったなぁとか思い出しつつ、ふと気付くとどうでもいいところまで読み進めて時間だけが過ぎているということも多々ありました。改めて細部まで目を通してみて、自分で言うのも何ですが、マスラヲってこんなによくできた作品だったのかと驚きました（自著自賛）。

もちろん自分が書いたものはみんな、自分で面白いと思うから世に出しているのですが、マスラヲほどの切れ味や完成度というのは当時の編集長（N閣下・「戦闘城塞」の名付け親）から言われたように、勢いや体力や引き出しといった諸々全てがうまく噛《か》み合わさった結果だったのだなーと、改めて同じ舞台を用意して自分で書いてみて、初めて実感しました。当時はそんなこと言われても「いやーこれくらいはまだまだいくらでも書けますけどねハッハッハ！」くらいにしか思わなかったのですが、一つのことを長く続けているといろんなことがわかってきて面白いものです。

担当M氏、今回も発売に合わせた販促企画をしていただきありがとうございます。豪華すぎて予算とかどうなってるのか知らないのですが、大変期待しております。

イラストレーターのマニャ子さん、拙著を代表するヒロインである鈴蘭《すずらん》のありのままをカバーにしていただき、ありがとうございました。初登場巻である『お・り・が・み』のカバーと見比べ、非常に感慨深く思う次第です。

そして前巻から間を置かずに販促用イラストで協力していただいた上田夢人さん、ありがとうございました。おかげさまで今回もファンの方が気にせずにはいられない特典になると思います。

最後になりますが今巻もお付き合いいただきました皆様、ありがとうございました。

特典てなんだ!?　今回はなんとオーディオドラマだ！　すごいぞ！　マジか！　これを

書いている今のところ『原作・原案・脚本　俺』というところまで確定だ！　わぁ、自主制作映画みたいで楽しそうですね！（にっこり！）　え〜とか言うな！　俺がダメでも声優さんは実力と実績のある天才ばっかりにお願いしてるからきっと面白いぞ！　予定ではこの本の帯にＱＲコードが付いてるらしいので聞いてね！　アニメ・声優ファンの友達とかいたら隠れた名作だとかなんとかうまいこと言いくるめて聞かせてあげてね！　ドラマの方の感想もお待ちしてます！

この本の感想もいつも通りお待ちしております！

二〇一七年　九月

林　トモアキ

ヒマワリ：unUtopial World 5《アンユートピアル ワールド ファイブ》

著　林《はやし》 トモアキ

角川スニーカー文庫　20615

2017年11月1日　初版発行

発行者　三坂泰二

発　行　株式会社KADOKAWA
〒102-8177 東京都千代田区富士見2-13-3
電話　0570-002-301（ナビダイヤル）

印刷所　株式会社暁印刷
製本所　株式会社ビルディング・ブックセンター

Printed in Japan　ISBN 978-4-04-105514-4　C0193

★ご意見、ご感想をお送りください★
〒102-8078 東京都千代田区富士見 1-8-19
株式会社KADOKAWA　角川スニーカー文庫編集部気付
「林トモアキ」先生
「マニャ子」先生

角川文庫発刊に際して

角川源義

第二次世界大戦の敗北は、軍事力の敗北であった以上に、私たちの若い文化力の敗退であった。私たちの文化が戦争に対して如何に無力であり、単なるあだ花に過ぎなかったかを、私たちは身を以て体験し痛感した。西洋近代文化の摂取にとって、明治以後八十年の歳月は決して短かすぎたとは言えない。にもかかわらず、近代文化の伝統を確立し、自由な批判と柔軟な良識に富む文化層として自らを形成することに私たちは失敗して来た。そしてこれは、各層への文化の普及滲透を任務とする出版人の責任でもあった。

一九四五年以来、私たちは再び振出しに戻り、第一歩から踏み出すことを余儀なくされた。これは大きな不幸ではあるが、反面、これまでの混沌・未熟・歪曲の中にあった我が国の文化に秩序と確たる基礎を齎らすためには絶好の機会でもある。角川書店は、このような祖国の文化的危機にあたり、微力をも顧みず再建の礎石たるべき抱負と決意とをもって出発したが、ここに創立以来の念願を果すべく角川文庫を発刊する。これまで刊行されたあらゆる全集叢書文庫類の長所と短所とを検討し、古今東西の不朽の典籍を、良心的編集のもとに、廉価に、そして書架にふさわしい美本として、多くのひとびとに提供しようとする。しかし私たちは徒らに百科全書的な知識のジレッタントを作ることを目的とせず、あくまで祖国の文化に秩序と再建への道を示し、この文庫を角川書店の栄ある事業として、今後永久に継続発展せしめ、学芸と教養との殿堂として大成せんことを期したい。多くの読書子の愛情ある忠言と支持とによって、この希望と抱負とを完遂せしめられんことを願う。

一九四九年五月三日

新妹魔王の契約者《テスタメント》
THE TESTAMENT OF SISTER NEW DEVIL
上栖綴人
イラスト／大熊猫介（ニトロプラス）
最強契約者のディザイア・アクション!!
高校生の東城刃更に突然できた二人の妹――澪と万理亜の正体は、新米な魔王とサキュバスだった!?　しかも二人の仕掛けた主従契約が失敗したことで、逆にマスターになってしまった刃更は、次々とHな目に襲われることに。そんな中、澪を狙う勢力が静かに動きだしていて!?
シリーズ絶賛発売中!
スニーカー文庫

問題児シリーズ最新作!
現実世界を巻き込む、
新たなギフトゲームが始まる!
ラスト
エンブリオ
Last Embryo
Tatsunokotarou
竜ノ湖太郎
illustration
ももこ
"少し"特殊な力を持った少年少女の集うカナリアファミリーホームで暮らす西郷焔、彩里鈴華、久藤彩鳥。3人はある日突然、異世界に召喚され、現実世界をも巻き込む神魔の遊戯・ギフトゲームに参加することに!?
シリーズ好評発売中ですっ!!
スニーカー文庫

終末なにしてますか？
もう一度だけ、会えますか？
Akira Kareno
枯野 瑛
illustration ue
「終末なにしてますか？ 忙しいですか？
救ってもらっていいですか？」に続く、
次代の黄金妖精《レプラカーン》たちによる新章開幕！
〈人間〉は規格外の〈獣〉に蹂躙され滅びた。〈獣〉を倒しうるのは、〈聖剣《カリヨン》〉を振るう黄金妖精《レプラカーン》のみ。戦いののち、〈聖剣〉は引き継がれるが、力を使い果たした妖精たちは死んでゆく。「誰が恋愛脳こじらせた自己犠牲大好きよ!」「君らだ君ら！　自覚ないのかよ自覚は!」廃劇場の上で出会った、先輩に憧れ死を望む黄金妖精と、嘘つき堕鬼種《インプ》の青年位官の、葛藤の上に成り立つ儚い日常。
シリーズ
絶賛
発売中!
スニーカー文庫

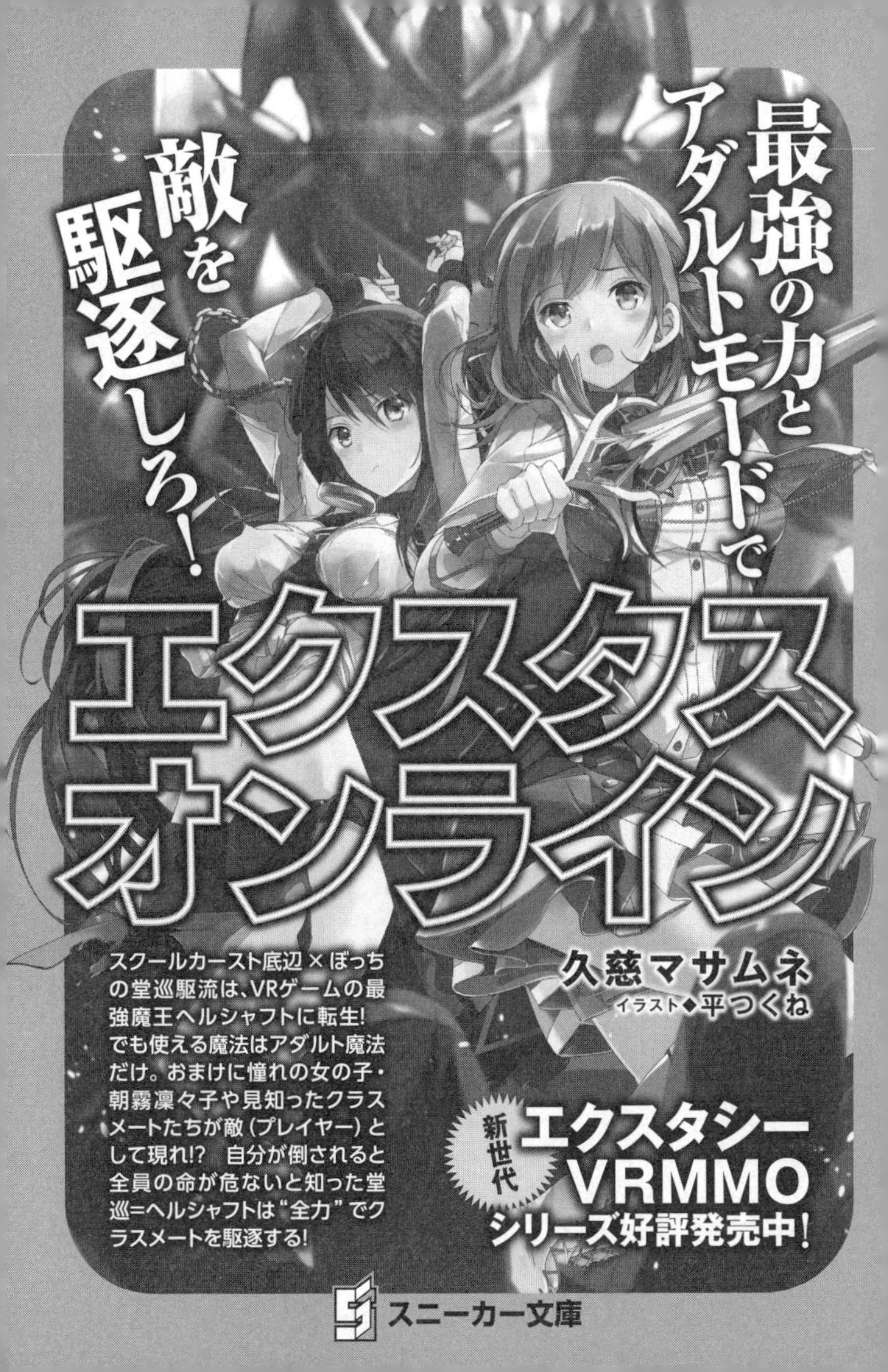

最強の力とアダルトモードで
敵を駆逐しろ!
エクスタクス
オンライン
久慈マサムネ
イラスト◆平つくね
スクールカースト底辺×ぼっちの堂巡駆流は、VRゲームの最強魔王ヘルシャフトに転生! でも使える魔法はアダルト魔法だけ。おまけに憧れの女の子・朝霧凛々子や見知ったクラスメートたちが敵（プレイヤー）として現れ!? 自分が倒されると全員の命が危ないと知った堂巡=ヘルシャフトは“全力”でクラスメートを駆逐する!
新世代
エクスタシー
VRMMO
シリーズ好評発売中!
スニーカー文庫

新米隊長のミッションは
Hな"改装《ハイブリッド》"!?
久慈マサムネ
イラスト◆Hisasi
メカデザイン◆黒銀
魔装学園H《ハイブリッド》×H《ハート》
Hybrid×Heart Magias Academy Ataraxia
戦略防衛学園アタラクシアにやって来た
飛弾傷無は、魔導装甲を着て異世界の
敵と戦う女の子・千鳥ヶ淵愛音と出会う。
でも、敵の攻撃で愛音がピンチを迎え、
傷無に重大任務が下される。その内容は
――愛音の胸を揉みしだくこと!?
実は傷無にはHな行為で女の子を"改装"
=パワーアップする力があって、その力
に異世界との戦いの未来がかかっていた!
シリーズ
絶賛
発売中!
スニーカー文庫